AF489160

EL IMPERIO DE LA BELLEZA

Pablo Martínez Viademonte

Ediciones de La Grieta
2018

Martínez Viademonte, Pablo
    El imperio de la belleza / Pablo Martínez Viademonte. - 1a ed. - San Martín
de los Andes: De La Grieta, 2018.
    198 p.; 21 x 15 cm.

    ISBN 978-987-3815-48-5

    1. Historia. I. Título.
    CDD 909

Maquetación: Nathalia Tórtora
Diseño de tapa: Guillermo Messina
Imagen de tapa: *Hombre con turbante rojo,* de Jan Van Eyck
Idea del título: Mara Zóccola
Editor: Daniel Tórtora

Impresión Help Group
www.hgprint.com.ar

*A mi madre, Sara Lauría, quien me inició
tenazmente en la admiración a la Belleza.*

Capítulo I

Los dos soldados permanecían en silencio en el frío atardecer del bosque, envueltos en sus grises capas de lana. Sin encender fuego vigilaban sobre una colina, que permitía distinguir la posada al borde del sendero. Desde el mirador natural se podía ver la huella que se perdía en la distancia, entre la bruma y los árboles en dirección a los Pirineos. Hacia allí observaban por turnos, casi sin cruzar palabra entre ellos, para no perder de vista los posibles movimientos en el camino.

Solo un pequeño escudo con tres flores de lis, apenas visible en la montura de sus cabalgaduras, indicaba su pertenencia a la guardia personal del rey de Francia. Sus rostros impenetrables, las arrugas y las cicatrices develaban a dos veteranos. Las negras indumentarias y sus armas personales indicaban que se hallaban en una misión secreta.

De vez en cuando dirigían una mirada hacia el albergue, de uso habitual entre los peregrinos y los comerciantes del Camino de Santiago de Compostela, al borde de la frontera entre Francia y el reino de Navarra.

Pronto escucharon el ruido de un caballo que se acercaba desde el sur. Era lo que esperaban. Sin necesidad de darse instrucciones, se acostaron en el suelo a observar cómo el jinete se detenía y, con fatiga desensillaba, desataba sus abultadas alforjas, se las colgaba sobre los hombros y entregaba las riendas del alazán al hijo del posadero, que había salido a recibirlo.

Los dos hombres cruzaron una rápida mirada satisfecha y se dispusieron a esperar hasta que la última luz del interior se hubiese apagado, mientras comían pan y bebían cortos sorbos del áspero vino que traían en una bota de cuero.

Por una casualidad favorable a sus propósitos, esa misma mañana la posada había quedado sin huéspedes, ya que un numeroso grupo de peregrinos enfermos y de monjes había partido hacia Santiago. Solo el jinete recién llegado y la familia del posadero deberían encontrarse dentro, según sus cálculos.

El parador se componía de una amplia estancia con mesas desparejas y diversos bancos de madera de diferentes formas y tamaños. Al costado de la entrada, una angosta escalera llevaba hacia las dos habitaciones de la planta alta. En la planta baja, unas ventanas con pequeños vidrios deformes aportaban algo de luz a la sala. Al fondo, una cortina cerraba el paso a un cuarto que servía de despensa y de dormitorio de la familia.

En la sala, el olor de los peregrinos se mezclaba con el de la letrina cercana, combinándose ambos con el humo penetrante de la leña. En ese ambiente, que podía ser nauseabundo con las puertas cerradas en invierno, los viajeros intentaban comer los sospechosos potajes del mesonero, apurándolos con jarras del vino que proveían los campesinos de los alrededores.

Cuando el número de viajeros o peregrinos era nutrido, dormían distribuidos sobre el piso de tierra cubierto de paja, debajo de las mesas y tratando de cubrirse la cabeza con trapos o con los mismos abrigos, para evitar el contacto de la cara con las ratas. En esas noches, el hedor se concentraba durante largas horas haciendo irrespirable el aire de la posada. A la mañana siguiente se ventilaba largamente con la esperanza de ahuyentar las enfermedades, aprovechando el frío clima montañés.

Para alegría de los roedores, la Iglesia había declarado que los gatos, sobre todo los negros, eran criaturas endemoniadas y que debían morir en la hoguera. Ya que el albergue se hallaba en un lugar de paso habitual de fieles católicos, el propietario, para evitar discusiones, había preferido eliminar a todos los que llegaran a su establecimiento. En el verano, nubes de moscas vivían dentro, junto con cucarachas gordas que corrían felices por sobre toda la cocina. Durante todo el año los piojos dominaban por igual a los viajantes, a los posaderos y a las ratas, proliferando en cuerpos y cabezas sin misericordia.

Luego de transcurrido un par de horas y en la más completa oscuridad de la noche, tomaron sus caballos por las riendas y los llevaron en silencio hasta atarlos frente a la posada, entre las nubes del vapor de su aliento. Después de dejar en las monturas las largas espadas aptas para el combate a cielo abierto, eligieron ligeros alfanjes árabes de afiladísimo acero, recuerdos de una antigua misión en Castilla, y los colocaron en sus cinturas.

Al abrir la puerta de entrada, apareció frente a sus ojos la sala débilmente alumbrada por el fuego del hogar y el posadero, vestido con remendadas ropas engrasadas, llevando unos platos sucios hacia la cocina.

Antes que el buen hombre les pudiese dar la bienvenida, una resuelta señal de silencio lo calló y lo dejó inmóvil. Con solo verlos moverse al entrar, advirtió que eran soldados especiales, vestidos con oscuras y prácticas ropas. En ese instante comprendió que su vida pendía de un delgado hilo.

Los agentes del rey de Francia ingresaron con determinación y celeridad; uno se colocó al lado del posadero y lo tomó de un brazo con una mano que parecía de hierro, mientras el otro miraba dentro de la cocina, con la diestra puesta en la empuñadura de la daga.

—Dime dónde está el jinete que llegó hace un rato y dime quién más está despierto —le susurró el más canoso, con una mirada helada en los ojos claros que lo hizo temblar.

El pobre hombre murmuró, mostrando solo unos pocos dientes negros:

—Mi señor, solo yo estoy despierto. Mi mujer y mi hijo duermen en la habitación del fondo. Te ruego que tengas piedad de nosotros, solo somos gentes de trabajo y buenos cristianos. —Y agregó señalando con una mano que temblaba como una hoja—: El jinete que buscáis duerme hace un rato ya, en la primera habitación del piso de arriba.

—Bien. ¿Te ha dicho de dónde es que viene?

El pobre hombre, tiritando y con la premura que da el terror respondió:

—Solo sé que desde Galicia, siguiendo el Camino de Santiago en forma inversa. Comió en silencio y se fue a dormir a la habitación con todo su equipaje.

Los dos soldados se miraron en la penumbra, asintiendo entre ellos con una leve inclinación de cabeza. Luego, sin soltarlo del brazo, le habló lentamente al oído.

—Bien, posadero. Te diré lo que haremos. Puedes salvar tu vida y la de tu familia si te encierras en la cocina y te olvidas de lo que has visto y hablado conmigo. Si no es así, deberé volver pronto, por la vida de todos vosotros. ¿Has entendido?

El hombre se arrodilló a sus pies, besándole la mano y murmurando agradecimientos a Dios se arrastró hacia donde lo habían mandado, cerrando la puerta de la cocina detrás de sí entre oraciones.

Los dos oficiales, envueltos en las sombras, subieron lentamente la escalera de madera a fin de evitar cualquier crujido de los peldaños. Al llegar frente a la puerta cerrada, se colocaron uno a cada lado y se dieron unas cortas instrucciones por señas, mientras desenvainaban sus dagas curvas en un solo movimiento.

Con prudencia, uno de ellos giró el pesado picaporte de hierro abriendo lentamente la puerta, dejando salir de la habitación el tranquilizador sonido de los fuertes ronquidos del jinete. Inmediatamente entraron con sigilo y se colocaron uno cerca de las piernas y el otro al lado del torso. Luego de un instante, a una señal, se arrojaron juntos sobre él inmovilizándolo, al mismo tiempo que le tapaban la boca con un trapo.

El hombre despertó abriendo los ojos dilatados por el terror, al caerle los dos soldados encima y al ver el brillo del acero que se dirigía hacia él. Sin dudarlo, el que se encontraba del lado de la cabeza apoyó el filo de la daga en el costado del cuello y lo hundió con fuerza hasta sentir que llegaba a las vértebras, mientras soportaba los desesperados movimientos del infortunado emisario. Luego, manteniéndola clavada profundamente, llevó la daga hacia adelante en un movimiento seguro, sintiendo cómo su mano se empapaba de líquido viscoso y caliente, en tanto se escuchaba el burbujeo del aire que salía a través del río de sangre que inundaba la garganta.

Siguiendo su costumbre de cada vez que le tocaba en suerte degollar a un cristiano, tuvo la especial deferencia de murmurarle lentamente una plegaria al oído: "*Deus, miserere animae tuae*". Un monje del regimiento le había explicado que de esa manera quedaba él perdonado por Dios, y además la víctima también, por todos los pecados que seguramente había cometido en su vida. En caso de tratarse de infieles, la oración no era precisa pues Dios le agradecería el día del Juicio haber eliminado herejes y perjuros a la única fe.

Luego, siguió mirándolo en silencio, a pocos centímetros de los ojos, hasta que comprobó que la vida había abandonado el cuerpo, sin sentir ninguna culpa ni escrúpulo. Era su trabajo y lo realizaba con precisión y sin sentimentalismos.

Asintió en dirección a su compañero, que soltó las piernas, ya inertes, del infortunado hombre para encender una vela y lentamente se incorporó, al tiempo que limpiaba sus manos y la hoja curva, en las mantas de la pequeña y maloliente cama.

Pronto hallaron, en un rincón, lo que les habían indicado. Una abultada alforja rectangular de cuero grueso y engrasado, cerrada por dos correas y un candado. Se ubicaron con comodidad, cortaron los cierres de cuero y, al abrir el talego, se encontraron con el tesoro que buscaban, más valioso que un cofre repleto de piedras preciosas. Unas telas prolijamente atadas protegían una tabla de unos cuarenta centímetros de lado, junto con unos papeles escritos y lacrados en un idioma indescifrable para ellos.

Sentados sobre la cama, con el cadáver todavía caliente del jinete degollado detrás de ellos, cortaron las ataduras y desenvolvieron los paños, un poco para comprobar el éxito de la misión y un poco por la curiosidad que había despertado en ellos el servicio que les había sido requerido. A la débil luz de la vela, lo que apareció frente a sus ojos logró estremecerlos a pesar de su condición de veteranos.

La imagen de una mujer, ricamente vestida, los miraba a los ojos con decisión y firmeza. El realismo y la expresividad de la pintura los dejó atónitos y en silencio, ya que se podían ver hasta los más minúsculos detalles del pelo, las joyas y los vestidos. Su rostro, de medio perfil, parecía estar presente ante ellos, juzgándolos con la mirada y haciéndoles casi sentir una sensación pecaminosa por la tarea que habitualmente ejecutaban. Deslumbrados por lo que veían, por unos instantes olvidaron la misión y lo que estaban haciendo allí, sin poder apartar los ojos del retrato.

La pintura que tenían en sus manos los sorprendía con una belleza más allá de la que habían imaginado que pudiese existir sobre la tierra, iluminando el cuarto de la posada y bañando sus curtidos rostros de asesinos con la cálida luz del bien.

Transcurridos unos minutos en un silencio absoluto, un crujido de la casa, quizás un movimiento del posadero o de una de las ratas, los despertó del hechizo de la imagen.

—Esto solo puede ser obra de Dios o del Diablo —murmuró el más joven, mientras se santiguaba, sin poder apartar los ojos del cuadro.

—Ya lo veremos. Tomemos todo y huyamos para que el día nos encuentre lejos de aquí —respondió el otro, en tanto repetía también el gesto de su compañero e invocaba la protección divina.

Envolvieron rápidamente la tabla con las telas, tomaron la alforja de cuero y volvieron a colocar todo adentro, de nuevo en su sitio. Luego bajaron apresuradamente la escalera con la imagen a cuestas, dejando atrás al jinete con los ojos abiertos sobre la cama, en un charco de sangre que ya goteaba hasta el piso.

Rápidamente atravesaron la posada, sin acordarse del pobre hombre que temblando tras la puerta de la cocina, rogaba a Dios que todo terminase pronto y los soldados se marcharan.

Una vez fuera, cuando el frío de la noche montañosa los recibió con el alivio del aire fresco libre de los hedores del parador, aseguraron con destreza el nuevo equipaje a uno de los caballos, que bufaba inquieto con las orejas tiesas y los ojos bien abiertos, ante el olor de la sangre humana y el apuro de los hombres.

A los pocos minutos, el patrón, sentado en la oscuridad del piso de la cocina con la cabeza entre las manos, escuchó el ruido de los caballos que se alejaban al galope y agradeció entre lágrimas a Dios el seguir con vida, acompañado solo por la indiferencia de los roedores que recorrían la cocina entre suaves chillidos.

Capítulo II

Brujas, septiembre de 1436

La barcaza de madera, arrastrada por un caballo de sirga, navegaba por el canal, entre la bruma y la llovizna. Llevaba horas sentado en silencio, entre otros pasajeros con sus maletas y atados de ropa, mientras atravesábamos campos sembrados y praderas con animales, interrumpidos por bosques que parecían brotar de la niebla.

De vez en cuando, a los costados del canal, la extraña figura de un molino de viento con sus aspas girando me recordaba a qué país había llegado. En ese entonces yo solo contaba con veintidós años de edad y la energía y los sueños intactos.

Percibía que mis compañeros de viaje miraban con curiosidad mi pelo y ojos oscuros, las botas de cuero y sobre todo mi bella capa de lana impermeable, producto de los pueblos montañeses que viven al norte de mi país. Algunos jóvenes bien predispuestos habían tratado de entablar conversación conmigo, pero nos resultó imposible entendernos más allá de las señas y luego de algunos intentos nos despedimos entre comprensivas sonrisas.

Un larguísimo viaje por tierra que había comenzado hacía cincuenta jornadas en mi ciudad, me traía por fin en busca de a quién solo conocía por leyendas y comentarios de viajeros y comerciantes. Las dificultades del idioma no me preocupaban demasiado, pues me dirigía a una ciudad en la que, como en la mía, se hablaban sin dificultad todas las lenguas. Brujas, igual que Venecia, comerciaba ávidamente con todo el mundo conocido. Comerciantes ibéricos, en las variadas lenguas de la península, discutían con rusos traficantes de pieles siberianas. Portugueses, venecianos y turcos negociaban en largas sobremesas el precio de la losa y la seda china y las formas de pago. Las piedras preciosas llegaban al Mediterráneo desde lo más profundo del África, en caravanas de camellos conducidas por negros musulmanes y, desde allí, en poco más de una semana ya se encontraban en los negocios judíos de Flandes.

Esta fiebre del comercio llevaba también al establecimiento de bancos y casas de cambio de moneda, que por un pequeño interés transformaban los pagos según la necesidad del cliente y la cotización del día, que se anotaba en una pequeña pizarra en el frente del establecimiento. A su vez, los notarios dedicados a contratos comerciales dominaban diversas lenguas o eran asesorados por traductores que se especializaban en varios idiomas. Luego de pagar un sellado al ayuntamiento, el contrato entre las partes podía ser guardado para su archivo legal, en caso de alguna demanda por incumplimiento.

En el centro de la ciudad se encontraba el edificio de la Bolsa de Comercio dedicado a la inversión de grandes y pequeños capitalistas que invertían proporcionalmente en el armado de expediciones hacia lejanos países, con la esperanza de poder repartir luego suculentas ganancias.

El conocer todos estos puntos en común con mi ciudad me tranquilizaba, ya que me dirigía hacia una metrópoli donde el extranjero no era visto como un peligro, sino como una oportunidad de efectuar algún negocio lucrativo. Esta tolerancia se extendía también a las diferentes razas y creencias religiosas. Tanto en Venecia como en Brujas convivían musulmanes, judíos y cristianos, entregados al comercio y conformando poblaciones estables de más de treinta mil personas cada una.

Los vientos húmedos del mar del Norte cubrían la ciudad, mientras un canal natural, mantenido a pico y pala por los empleados del ayuntamiento, comunicaba el estuario del río Zwyn con la ciudad. Desde allí se introducía, de forma directa por barco, toda la riqueza al interior mismo de las fortificaciones, a través de un sistema de intrincados canales y de exclusas.

Al acercarnos a las afueras de Brujas, comenzamos a ver cada vez más casas y, rápidamente, nuestros caballos fueron reemplazados por cuatro remeros que nos llevaron por los canales internos, entre el tráfico de numerosos botes y pequeños barcos. Luego de un buen rato de navegar, al pasar por el sector de las murallas, que poseía una de las puertas que daba al interior de la ciudad, debimos atracar nuestra barcaza a un muelle de piedra para la inspección de los soldados y los agentes de aduana.

Allí nos hicieron bajar a todos los pasajeros con nuestro equipaje de mano y formar una fila. Noté que enormes puertas de madera gruesa y hierro, suspendidas por cadenas sobre nosotros, podían descender por unas robustas guías metálicas para cerrar el paso por el canal. Luego de esperar unos minutos, un joven vestido de negro se acercó hacia mí hablando en flamenco, con un cuaderno de hojas numeradas en la mano y una delgada carbonilla para sus anotaciones. Apenas le respondí en veneciano diciéndole que no le entendía, cuando me contestó en mi lengua con una sonrisa:

—Buenas tardes tenga usted. Aquí no tendrá inconvenientes con su idioma. En primer lugar, debo saber su nombre y a que se dedica. También deberá mostrarme su equipaje y el dinero que trae.

Su firme amabilidad contrastaba un poco con la seriedad de los soldados que recorrían el muelle vigilando a los pasajeros de las barcazas y botes que hacían fila aguardando su turno. Pensé cuidadosamente las palabras y le respondí con una sonrisa tranquila:

—El motivo de mi viaje es el estudio. Soy un pintor veneciano y vengo a esta ciudad para aprender de vuestros artistas. Como podrá ver, en mi bolso solo hay ropas, algunos lápices y hojas en blanco, para tomar apuntes de rostros durante el viaje. En cuanto al dinero, traigo solo algunas pocas monedas de mi país en mi bolsa, ya que he depositado en el banco las sumas que necesitaré, como podrá comprobar en estos recibos firmados en Venecia hace pocos días.

El joven funcionario tomó mis papeles para mirarlos y sin levantar la vista continuó hablando en mi lengua:

—Maestro Michele De Bona, veo por sus documentos de crédito que ha depositado buenas sumas en el banco de su ciudad. Le recomiendo que solo cambie lo estrictamente necesario, a fin de proteger su bolsa y su vida. Le deseo una buena estadía, pero antes deberá pagar un pequeño impuesto para ingresar, en cualquier moneda que lleve consigo. En el mostrador le darán el vuelto en nuestra moneda y el recibo correspondiente que deberá conservar, ya que le podrá ser solicitado por las patrullas que recorren la ciudad como confirmación de su ingreso legal a Brujas.

A continuación, me devolvió mis papeles y luego de un corto saludo se encaminó hacia otro de mis compañeros de barcaza, a fin de repetir el trámite de ingreso.

Finalmente nos hallamos todos de nuevo a bordo y continuamos navegando por dentro de la ciudad, hacia la plaza mayor por una red de canales difíciles de memorizar, esquivando los grandes barcos que solo se podían mover por los canales centrales, hasta los depósitos de los comerciantes o de los armadores. Allí, unas grandes grúas de madera reforzada con hierro elevaban las cargas cuidadosamente y las colocaban en tierra firme, donde rápidamente eran introducidas en los depósitos en unos carros empujados por grupos de estibadores. Al pie de cada una de ellas se podía ver a un funcionario de la ciudad que anotaba en detalle la cantidad de bultos, el peso, el contenido, la procedencia y el destinatario, a fin de poder calcular el impuesto aduanero que, sumado de a miles, enriquecía día a día al burgo.

Apenas un poco más allá, un canal nos llevó hasta frente a la plaza central, dentro de un enorme pabellón techado, construido enteramente en madera, de unos cien pasos de largo y varios pisos de alto, provisto de grandes grúas construidas con troncos asegurados con herrajes de hierro, para la descarga en los depósitos, dejando a las barcazas y su cargamento a salvo de las inclemencias del clima.

Luego de que mis ojos se acostumbraron a la diferencia de luz, pude ver con sorpresa y curiosidad a una muchedumbre que negociaba a los gritos las mercancías que se bajaban en las tarimas. Entre todos los idiomas y vestimentas reconocí también gritos en mi lengua, que eran contestados en un mal veneciano por unos turcos con turbantes que se reían a carcajadas. El riquísimo olor a carnes asadas, que traía el humo de los puestos de comida, se mezclaba con el relinchar de los caballos atados a los carros que iban a buscar su carga. Mientras tanto las tiendas que exhibían barriles de vino y cerveza congregaban alrededor a los estibadores y a los conductores de los transportes, que bebían mientras conversaban.

Luego de descender rápidamente, pues había una fila de embarcaciones aguardando detrás de nosotros para depositar pasajeros y cargas, eché mi bolso al hombro y me dirigí hacia la salida entre enormes bultos apilados, mujeres que ofrecían su compañía y patrullas de soldados que controlaban a toda esa marea humana. Mi aspecto de extranjero hizo que rápidamente me siguieran unos niños para ofrecerse de guías, a los que debí espantar con mi bastón, pues se cruzaban delante de mí chillando, lo que me hizo temer por mis pertenencias. Luego de meditarlo un poco, me dirigí hacia el hombre que gritaba en mi idioma y lo llamé con decisión. Era robusto, de unos treinta y cinco años de edad, entrado en carnes, pelo ralo, abundante barba negra y vestido con ropas sencillas y prácticas de mercader.

—Salve, paisano. ¡Por fin alguien que habla veneciano en estas tierras!

Me dirigió una rápida mirada y siguió anotando números en un cuaderno negro que tenía en sus manos, mientras controlaba cómo se descargaban unos cajones de naranjas recién llegados del sur:

—¡Se puede ver que recién llegas! Aquí se habla más veneciano que en Venecia y también turco, y castellano y francés y ruso... ¡aquí se habla todo! Dime qué necesitas comprar o vender... ¡Yo te lo conseguiré!

Acomodé mi equipaje en el suelo y me presenté con una inclinación:

—Soy Michele De Bona, pintor y dibujante. He venido desde tan lejos para aprender nuevas técnicas de pintura y también cómo preparar los nuevos materiales que aquí se utilizan. No soy comerciante... ni compro ni vendo nada, ¡solo busco aprender!

Riéndose más relajado al no considerarme competencia me contestó:

—Michele, estás equivocado..., aquí absolutamente todo se compra o se vende... ¿Buscas a alguien en particular o cualquier pintor sirve a tus propósitos de copiar las artes flamencas de la pintura?

Nos reímos juntos de su observación sobre el precio que todas las cosas poseen y le contesté:

—Amigo mercader, estoy tras las huellas de un pintor, y me han dicho que ahora vive en esta ciudad. Su nombre es... maestro Jan van Eyck. ¿Lo has oído nombrar aquí o en las inmediaciones?

Al escuchar mis palabras dejó de anotar en su cuaderno y me miró detenidamente, como midiendo si yo era digno de su respuesta. Luego de decidirse, me dijo:

—No solo lo he oído nombrar, sino que yo mismo he tenido el honor de conducirlo en su último viaje por mar, hace unos años. Nuestro duque, Felipe el Bueno, contrató dos naves para viajar al sur y a mí me tocó en suerte ser quien lo llevase a bordo... Pero antes de continuar...dime una cosa... ¿has podido ver alguna de sus pinturas originales? ¡Y no me refiero a las numerosas copias de imitadores adocenados!

—Ciertamente que no, pero su renombre llegó a nuestras tierras y deseo ver si lo que dicen es cierto y, en tal caso, aprender de él.

—No sé qué te habrán dicho de sus pinturas, pero lo que sí te puedo asegurar es que su arte es mucho mayor de lo que se puede expresar en palabras. Te puedo aseverar, estimado paisano, que sus manos están regidas directamente por Dios. El día en que puedas ver un cuadro suyo con tus ojos, será un día imborrable por el resto de tu vida.

Luego de suspirar profundamente, recobró rápidamente el interés por su tarea y se dio vuelta hacia la carga, dejándome pasmado y en silencio. Como yo no me movía de su lado, después de un rato, movido por la conmiseración, me miró largamente y me dictó una serie de instrucciones.

—Cruza la plaza y dirígete a la posada que está justo enfrente, la de dos pisos. Toma una habitación en ella y esta noche comeremos juntos y te contaré quién es y qué hace el maestro Jan van Eyck. Debo advertirte que dudo que él pierda el tiempo contigo, a menos quizá que te ofrezcas como ayudante o sirviente en su taller. Invítame a cenar y te relataré todo sobre los meses que pasé con él y quizás eso ya te desanime de emprender tamaña empresa y mañana mismo regreses a Venecia. En caso contrario, estimado aprendiz de pintor, ya sabrás a qué tipo de persona, o quizá debería decir a qué tipo de mago, te deberás dirigir en busca de que comparta su arte y su ciencia contigo. Un humilde principiante veneciano sediento de rozar la genialidad...

Dándome la espalda dio por terminado el encuentro y siguió contando los cajones de frutas castellanas, delicia de los nobles flamencos, que pagaban caro sus caprichos culinarios.

Agradecí sus consejos y, para no molestarlo más en su contabilidad, abandoné la inmensa construcción de madera y salí al exterior dejando atrás el griterío de las negociaciones.

Al admirar la enorme plaza rectangular de unos cien pasos de ancho por doscientos de largo, prolijamente empedrada, no pude dejar de maravillarme con la evidente riqueza de la ciudad. Carruajes con choferes esperaban en fila a sus posibles pasajeros para llevarlos a destino, casas de comida, en los laterales del gran espacio abierto, ofrecían sus platos con carteles en varios idiomas. En el centro de la plaza, unos malabaristas gitanos saltaban haciendo acrobacias, acompañados por un oso que tocaba la pandereta y rodeados por una multitud que se reía con las ocurrencias de los artistas. Mujeres bien vestidas y arregladas se acercaban a los transeúntes ofreciendo sus servicios y promocionando casas de baños calientes y masajes privados. Luego, aprendería que en esa ciudad se mantenía la costumbre romana de las caldas, con o sin compañía, a pesar de que la Iglesia católica consideraba pecaminoso el baño y la higiene. Varias casas de baños rivalizaban, ofreciendo tinas privadas, servicio de comidas, músicos en vivo, salas de reuniones y renovadas compañías femeninas. Parte de los impuestos que estas casas abonaban se dirigían a las autoridades eclesiásticas, que toleraban la limpieza de los cuerpos y hacían la vista gorda a la presencia de las mujeres.

No pude ver ni un solo mendigo en las arcadas del edificio y pensé para mis adentros que quizás estuviese prohibido pedir limosna en las calles. Sí se podían ver, distribuidas por la plaza, distendidas patrullas de soldados, bien vestidos y con armas en buen estado. Mientras miraba todo aquello, pensé en los sabios consejos del aduanero y me dirigí directamente hacia el hostal, a fin de tomar una habitación y dejar allí mis bolsos de viaje y los papeles del banco.

El edificio había sido construido enteramente en madera de roble, con gruesas columnas y vigas que daban una gran solidez y una buena aislación. La planta baja estaba dedicada por completo al servicio de comidas, compuesto por una sala con numerosas mesas iguales, bancos de tablones cepillados, una cocina ordenada y limpia, y un almacén de comestibles con sus infaltables barriles de cerveza, que se ingresaban por una práctica puerta posterior.

En la planta alta, seis habitaciones, cuatro para uso compartido y dos para uso individual, completaban la posada. Remataban el mobiliario unos gatos, que se movían entre las mesas en busca de algún ratón. La experiencia indicaba que solo con algunos felinos se podía mantener a raya a los roedores, a los que algunos viajeros del Oriente acusaban de llevar la peste dentro y transmitirla por el aliento.

Por lo que veía, a la mañana las mozas levantaban los bancos sobre las mesas y procedían a barrer y baldear el piso de madera. Evidentemente, en Brujas se tomaban la higiene mucho más en serio que en Venecia…, quizá por eso también había sido mucho menos afectada que otras ciudades en la terrible peste de unos años atrás…

El encargado de la posada registró prolijamente en un cuaderno mis datos y me pidió ver el recibo que me habían dado en la puerta de ingreso a la ciudad. Según me explicó, las autoridades pasaban al azar por cualquier hostería pidiendo el registro de huéspedes y haciendo preguntas a fin de controlar el ingreso ilegal. Estas medidas me hicieron reflexionar sobre Flandes. Cada vez me daba más la impresión de que debajo de ese aspecto tolerante y relajado, también Brujas tenía un férreo control de lo que sucedía murallas adentro.

Pocas horas más tarde, al terminarse la luz del día y luego de una buena siesta reparadora en mi pequeña, aunque ordenada habitación, bajé a la planta principal que se hallaba repleta de parroquianos que bebían vino y cerveza. El posadero me indicó una mesa y me senté en una esquina del oscuro local, solo alumbrado por unas pequeñas velas. Se podía distinguir gentes de distintos países, por las ropas y las lenguas que hablaban en voz alta sin precauciones ni temores. Todos bebían con tranquilidad y sin buscar pelea, como era tan habitual hacerlo por diversión en los bodegones de Francia o Castilla. A los pocos minutos, cuando la muchacha mesonera vino a atenderme, le pedí que trajese una jarra de cerveza, pan negro y pescado frito, ya que me encontraba muerto de hambre.

Mientras esperaba mi pedido, vi que mi paisano amigo entraba al local y me buscaba con la vista entre la gente que atestaba el mesón. Le hice señas con la mano y un instante después ya lo tenía sentado frente a mí, hablando.

—En primer lugar, permíteme que me presente. Soy Diego Di Lucca. Me dedico al comercio y a la navegación como mis padres y mis abuelos lo hicieron antes. Poseemos dos buenas carracas de tres palos y navegamos por todas las costas de Rusia, los países germanos, Flandes, Inglaterra Francia y Portugal. Antes comerciábamos por mar con Venecia, pero ahora la ruta por tierra es mucho más rápida y se encuentra bien protegida de bandidos, por lo que ya no tiene sentido venir navegando. En cuanto al mar nuestro, se halla lleno de piratas y permanentemente hay guerras y barcos asaltados y quemados. Aquí en el norte la vida es más tranquila y más rentable a largo plazo. ¿Y tú, amigo Michele? Cuéntame de tu vida cono pintor en Venecia...

Mientras comíamos el rico pescado frito, le referí rápidamente de mi vida como pintor en mi país. Mis inicios como ayudante en el taller de mi familia, habituado a la obligación de levantarme todos los días al alba, para trabajar en las pinturas religiosas de las iglesias y capillas, en paredes al fresco y tablas preparadas. También le hablé acerca del mal pago, de la obligación de continuar tareas incorrectamente empezadas por otros, de nuestro anonimato como artistas y de los temas repetidos decenas de veces para obispos que solo se interesaban en figurar en las pinturas como benefactores piadosos. Todo se hallaba bajo el férreo control de la Iglesia y predisponerse mal con ella suponía grandes riesgos. Exigir un pago retrasado o discutir con un obispo podía llevar a la pérdida del trabajo, al destierro o a la cárcel, que en general era lo mismo que una condena a muerte.

Le relaté también, a mi nuevo amigo Diego, que recién en los últimos tiempos, algunos pocos artistas venecianos empezaban a ser más requeridos y, en consecuencia, a poder pedir humildemente alguna mejora en los escasos pagos o un poco de libertad a la hora de elegir un tema de inspiración.

Luego, continué con mi relato sobre cómo comencé a enterarme, a través de comerciantes y viajeros que llegaban a Venecia, de los pintores del norte y de la libertad y tolerancia de que gozaban para elegir qué pintar y también de sus novedosos materiales de trabajo. De los artistas flamencos en general llegaban comentarios y descripciones que me generaban una gran envidia y curiosidad. Pero en particular se destacaba la fama que se extendía por todos los países, del más eximio y completo: Jan van Eyck. Un hombre que se empezaba a transformar en leyenda. Que había inventado pinturas nuevas que tardaban en secarse, pinceles perfectos para los detalles, distintas sustancias para preparar las superficies a pintar..., y en especial, un uso del color, de la perspectiva y del realismo llevados al extremo.

Allí comencé a preguntarle a mi paisano, con una ansiedad difícil de disimular:

—Amigo Diego, ¿es cierto que las pinturas de van Eyck parecen tan reales como lo que muestra un espejo? Me dicen que se ha atrevido a pintar retratos que no son de motivos religiosos y que, además, hace posar a los modelos en una postura intermedia que no es ni de frente, ni de perfil... Pero dime algo más, ¿es cierto también que tiene la osadía de firmar los cuadros con su nombre y poner la fecha en que los hizo?

Ante tantas preguntas seguidas mi paisano comenzó a reírse con suficiencia, como quien disfruta del comentario de un niño. Apoyó los brazos entre los platos y copas, sobre la vieja mesa de tablones, me miró en silencio y dijo:

—Está bien, Michele, te relataré los varios meses que pasé con Jan van Eyck. Debes comprender, para poder entender lo que voy a contarte, que si solo hubiera nacido para vivir ese viaje con él y hubiese muerto apenas volvimos a Brujas, me sentiría perfectamente satisfecho y con mi vida realizada. Yo, Diego Di Lucca, un humilde mercader y navegante, he podido conocer lo que pocos pudieron, he visto con mis propios ojos lo que a muchos les costaría creer. Sé que todo lo que me ocurra en mi vida de aquí en adelante lo consideraré una simple añadidura a lo más notable que me sucedió en mi breve paso por esta tierra. —Sonriendo ante mi asombro continuó—: Te describiré los hechos que yo mismo vi y los que él mismo me contó a bordo de mi nave en el viaje de regreso, con tantos detalles que es como si hubiese estado todo el tiempo junto con él. Quizás, amigo Michele, la razón de mi existencia solo sea compartir el relato de lo que viví en aquel periplo, de forma tal que las futuras generaciones no olviden a este hombre. Llama a la muchacha mesonera y pide con generosidad otras jarras de cerveza, y te contaré cada pormenor de mi viaje con van Eyck... Hoy solo somos dos humildes venecianos lejos de su amada patria. Pronto, el polvo cubrirá nuestros huesos y no quedará huella alguna de nuestra travesía, ordinarios mortales, por este mundo. Disfrutemos hoy de la amistad y de la cerveza... y escucha atentamente, paisano mío, una historia de amor, de belleza y de muerte.

Capítulo III

Brujas, septiembre de 1428

Abrió los ojos con un pequeño sobresalto. La incipiente luz del amanecer se colaba por las ventanas de la casa, cerradas con cuadrículas de vidrios desparejos, que deformaban las imágenes del exterior. A pesar de la hora, se oían ya los ruidos exteriores del mercado de campesinos y los apagados trotes de algunas pocas ratas en el interior de la casa, victoriosas ante los intentos de sucesivos gatos, que no habían podido eliminarlas por completo.

Poseía una buena residencia en el centro de Brujas, fruto de los ahorros y de la generosa ayuda económica de su actual protector, Felipe III el Bueno. No muy espaciosa, como casi todas en el centro de Brujas, pero sí confortable y abrigada. Una de las primeras casas con paredes de ladrillo, estructurada por gruesos tensores de hierro negro que la atravesaban. La mayoría de las casas alrededor eran semejantes, pero totalmente construidas en madera y poco a poco iban dejando paso a las nuevas construcciones de ladrillo, mejor aisladas del clima y sobre todo menos combustibles que las antiguas, frente a los frecuentes incendios.

En el interior, una planta alta o buhardilla, que usaba como dormitorio, unida a la planta baja por una temeraria escalera de madera gruesa. Los pisos lucían un entablonado desgastado por el paso de los años. El techo sobre la estructura de madera de roble estaba construido con tejuelas de alerce clavadas, hervidas previamente en aceite, para así aumentar la impermeabilidad de la cubierta. Lo que antaño había sido un gallinero o corral para pequeños animales, ubicado en el contra frente de la planta baja, había quedado incorporado a la habitación principal y ahora hacía las veces de recinto de preparación y prueba de pigmentos, aceites, trementinas y pinceles. Sobre una larga y robusta mesa de roble, se distribuían todos los enseres que precisaba un taller de pintura. En un ordenado y prolijo rincón se amontonaban frascos de vidrio y recipientes varios. Quemadores a modo de hornillos cumplían la función de entibiar los delicados aceites de nuez, de almendra y de linaza, necesarios para diluir los pigmentos y preparar los maravillosos colores que salían de esa pequeña fábrica. Sobre las mesas, pequeñas bolsas de tela o frascos de cerámica, con tintes traídos de Oriente o de las regiones del sur, identificados por prolijos letreros. Herramientas de hierro o madera, distintos tipos de morteros para moler a polvo los pigmentos y botellas de vidrio opaco se veían por toda la estancia.

En otro rincón, paquetes de tablitas de haya cepilladas y con base blanca se mostraban teñidas con las pruebas de los colores que salían de esa alquimia de arcoíris, numeradas y ordenadas según su composición exacta. Para poder ver los tonos en su real expresión, Jan abría la puerta trasera y se quedaba bajo la luz natural juzgando una mezcla de amarillos o un nuevo azul oscuro oriental, recién traído desde miles de millas de distancia por comerciantes portugueses y que casi valía su peso en oro.

El sector dedicado a la fabricación de los pinceles almacenaba secciones de delicadas pieles del norte de Rusia, colgadas de clavos en la pared, y tarros con diversas varillas de madera dura de todos los tamaños, que después de ahuecarles la punta, alojarían los pelos seleccionados, lavados, unidos y luego recortados hasta la perfección.

Varios atriles con tablas empezadas se repartían por el resto de la sala, que no solo hacía las veces de taller sino también de comedor. Algunas dejaban ver solo bocetos, otras, en cambio, ya mostraban cuadros en distintas fases de avance, en los que se podía disfrutar de rostros y ricas vestimentas, según cuanto se hubiese adelantado en la tarea. Algunas tablas abandonadas y cubiertas de polvo se amontonaban en otra esquina a la espera de ser reutilizadas.

Un anaquel cerrado con llave conservaba los numerosos contratos ya ejecutados y también los que se hallaban aún en proceso, prolijamente ordenados y numerados a fin de evitar discusiones y reclamos. Una pequeña caja, con otra llave, contenía los recibos de los depósitos bancarios, que eliminaban la necesidad de guardar dinero en efectivo.

Un olor a humo de comidas, aceites y trementinas de pino envolvía toda la casa. En el piso, cerca de la puerta de entrada con su gruesa cerradura de hierro, dos aprendices jóvenes dormían sobre bolsas de paja. En invierno, se acercaban más al hogar, que hacía también las veces de cocina, temblando bajo sucios abrigos, hechos de múltiples telas remendadas. En verano, descansaban casi desvestidos, mostrando sus costillas bajo el sayo teñido de carbón, de manchas de grasa y de un muestrario de los colores que molían para su señor. Estos jóvenes también eran los encargados de colocar las sucesivas capas de base sobre los entablonados que iban a ser pintados, y que luego se lijaban incansablemente hasta obtener superficies perfectas como mármol.

Los ruidos de la pequeña plaza frente a la casa, a unos cientos de pasos de la central, anunciaban que los campesinos de los alrededores ya estaban montando sus pequeños mostradores para el mercado, o simplemente sentándose en el piso junto a sus bolsas de mercancías. Viajaban desde los alrededores de Brujas, los más pudientes con sus carromatos tirados por burros o bueyes y empujando los carros a mano, los más pobres. Pronto se amontonarían, hombres, mujeres, animales, frutas y verduras, en un continuo griterío y fragor de pesaje y discusión de precios, que se calmaría con las primeras horas de la tarde. En el medio, habrían cambiado de dueño, verduras, gallinas y cerdos. Del mismo modo se cerraban tratos sobre cambio de carros, de caballos y se concertaban matrimonios entre campesinos que vivían demasiado alejados como para conocerse durante los días de trabajo en el campo.

El crecimiento indetenible del comercio marítimo traía evidente riqueza a toda la ciudad. Los tratos entre las partes interesadas se cerraban en tabernas, que garantizaban discreción y buena comida. Al finalizar, un notario vestido con elegantes ropas negras escribía el acuerdo al que se había llegado, hacía las copias y firmaba y sellaba para su archivo, en la casa de comercio de la ciudad.

Desde hacía algunos años, también se vendían al por menor algunos productos que arribaban por mar de países lejanos y que se restaban de los encargos hechos por los grandes mercaderes. Los dueños de los barcos o sus empleados llegaban en pequeñas barcazas, se estacionaban en los bordes de la plaza chica que daba al canal y allí ofrecían restos de telas y especias de Oriente, remanentes de los envíos de frutos provenientes de España e Italia y sobras de los embarques de pieles de los países del norte y Rusia.

Los pobres disfrutaban de los márgenes residuales de este enorme comercio en esta suerte de mercados espontáneos, en que los capitanes de los barcos vendían por su cuenta todos los sobrantes de los envíos o mercancías que decidían traer por su cuenta y riesgo, a bordo de sus propias naves.

El penetrante olor del mercado crecía con el calor, a pesar del barrido obligatorio que había impuesto el ayuntamiento a través de una disposición. Solo las lluvias, por suerte frecuentes, lavaban las piedras de la plaza.

Cuando Jan se despertaba, acostumbraba mirar las tablas del techo de su habitación, donde descubría formas y figuras de hombres y animales entre las vetas de la madera. Era ya un hombre mayor, de treinta y siete años de edad, vividos plenamente en medio de viajes y trabajo creativo intenso, que no le habían dejado tiempo para casarse y formar una familia.

Nacido en Maaseik, hijo de una familia de artistas, había viajado por la región y reinos vecinos para formarse en su disciplina con los mejores de su generación. En sus inicios, ya como pintor independiente del taller de su familia, había residido en La Haya, donde había sido valorado como pintor de la corte de Juan de Baviera, hasta la muerte del gobernante.

Luego de radicarse en Flandes, comenzó a servir a Felipe III, por quien con el tiempo fue protegido y tenido cada vez en más alta estima. Alto y fornido por herencia familiar, se mantenía en buen estado físico, debido a su adecuada dieta y al trabajo permanente. Las costumbres higiénicas en Brujas, los baños y el lavado frecuente de las ropas, la limpieza de las plazas y el traslado de la basura colaboraban para disminuir el número de enfermedades y dolencias en toda la población. El contacto constante con comerciantes de todo el mundo conocido aportaba también médicos formados en las más diversas especialidades.

Piel blanca y ojos grises en una cara no tan delicada, aunque llena de determinación y seriedad, se complementaban con una mirada fulminante, conocida en toda la ciudad. Nadie quería estar cerca de él cuando estallaba ante un error de pintura cometido por un ayudante o cuando un asistente le alcanzaba para trabajar un material que no fuese perfecto. Intolerante al extremo con cualquier cuestión relacionada con su profesión, desatendía sin embargo lo que le hiciese perder tiempo para su arte, como vestimentas u objetos de lujo y jornadas de descanso.

Sus entrenados ojos extraían detalles de color y forma del mundo que lo rodeaba, que los demás raramente percibían, aunque compartieran la misma visión. Una nariz grande, pero proporcionada, y labios finos y habitualmente expresivos en gestos completaban su rostro, que ya comenzaba a mostrar ciertas arrugas en torno a los ojos y las comisuras de la boca. El pelo, largo casi hasta los hombros, había sido rubio en la niñez y ahora ya tenía tonos castaños claros.

Sus vestidos carecían de toda ostentación y no perseguían los cambios de la moda. Se veía obligado a poseer buenas ropas por su contacto con políticos y nobles, pero siempre prefería utilizar, dentro de su taller, vestimenta simple y cómoda de trabajo. Sandalias de cuero, calzas sencillas oscuras, camisas blancas de algodón y albornoz de lana. Todo con huellas de tinturas y polvillo de madera y yeso. Para salir de la casa usaba un chaperón flamenco, y los días más fríos, una capa larga que se cerraba mediante botones y botas engrasadas.

Hablaba poco y no le gustaba perder el tiempo en conversaciones cotidianas, que usualmente consideraba inútiles: sin importarle mucho el protocolo, se apartaba de las discusiones de política o de los hechos ciudadanos con un gesto de fastidio.

Sus exigencias, el malhumor y las contestaciones directas eran ya famosas en Brujas, que sin embargo le perdonaba y consentía esos arranques y lo consideraba un personaje destacado de la ciudad, respetado y admirado por sus conciudadanos.

Respirando hondo y bostezando, se estiró en la gruesa cama de roble cubierta con mantas de pieles y antes de levantarse comenzó a repasar sus obligaciones para ese día.

El llamado a palacio del duque de Borgoña y Flandes, Felipe III, sin duda traería novedades a su vida. Ya sabía, por experiencias previas, que lo más probable era que se tratase de un encargo de pintura, aunque también se le habían solicitado viajes diplomáticos y negociaciones de todo tipo, pues cumplía con una doble función para su señor: pintor de la corte y embajador de Borgoña y Flandes.

Su oficio le había llevado a desarrollar el arte de la persuasión y del don de gentes en pos de una idea determinada. Sus años de estudio de miniaturas en Francia le habían acostumbrado a prestar atención a los más mínimos detalles, ya fuese con un pincel en la mano o en una reunión de carácter diplomático.

Se lo tenía en la corte por un gran seductor de mujeres, un eficaz orador persuasivo con los hombres y quizá, lo más importante de todo, por ser un mago con sus herramientas, pinceles y una paleta de sus propios colores en la mano. El evidente favoritismo del duque le había traído amigos y enemigos en iguales proporciones. Jan ignoraba exprofeso ambas muestras hacia su persona, sabiéndose por encima de esas mundanas pasiones. Su arte era tan único y sobresaliente, que aun sus más envidiosos detractores no lograban dejar de maravillarse, en privado, de las obras que salían de su taller.

Jan sumaba a sus dotes privilegiadas el estudio y esfuerzo diarios, una perpetua obsesión por la perfección y un sentido del placer por los detalles y códigos ocultos en su obra. Confluían en él, de una manera asombrosa, el genio natural, los avances científicos de la época y sus propios descubrimientos en la confección de los materiales necesarios para terminar de exponer su talento.

Sus colaboradores, aprendices y ayudantes, algunos de la región y otros venidos de lejos para estudiar con el maestro, se veían sometidos a sus críticas permanentes y a la tarea de rehacer lo hecho hasta el cansancio. En reuniones íntimas admitían, con algo de orgullo hacia su jefe, que las odiosas observaciones eran invariablemente, acertadas. Así, una jornada perfecta terminaba, para estas buenas gentes, cuando se daba el visto bueno a alguna tarea encomendada. Un color molido hasta finísimo polvo, una tabla lijada hasta parecer mármol, un pincel realizado con la máxima excelencia.

Eran raros los días en que sonreía y dejaba escapar una felicitación o una palmada alentadora. Más habituales eran los arrebatos de ira, acompañados de gritos, insultos y expulsiones irrevocables y perpetuas de la casa-taller de todos los aprendices y ayudantes, aun de los que no se habían equivocado esa vez. Afortunadamente, a las pocas horas la tormenta había pasado y los jóvenes reingresaban tímidamente y en silencio a sus tareas, mientras Jan pintaba o dibujaba concentrado en su aislamiento del mundo, habiéndose olvidado ya de lo ocurrido.

Ese día, al levantarse, arrojó por la ventana el contenido del orinal que tenía a los pies de la cama y se enjuagó la cara y las manos con la jarra de agua que apoyaba encima de un pequeño baúl. Juzgó su incipiente barba en el espejo y procedió a enjabonarse la cara y pasarse rápidamente la navaja, a fin de tener un aspecto más formal para el encuentro. A continuación, se peinó y se lavó los dientes, según la costumbre que había llegado a Flandes traída por los vendedores de sedas y que su médico recomendaba seguir al menos una vez por día, para así evitar los terribles y peligrosos dolores de muelas. Habían aprendido a fabricar ellos mismos sus cepillos de dientes, ya que la técnica era parecida a la de los pinceles, aunque utilizando cerdas duras. En el taller, también dominaban la receta para la elaboración de la pasta de limpieza, que se realizaba triturando en el mortero nácar, mirra y sal.

Luego, bajó por la crujiente escalera y con el pie despertó a sus aprendices dándoles órdenes para sus tareas del día. Pronto llegarían los demás pintores para continuar con la interminable lista de encargos que adeudaban a las personas más notables de la ciudad y del extranjero.

Tomó como desayuno unos tragos de cerveza que se elaboraba en una casa vecina y rápidamente mordió unos trozos de pan negro traído del mercado el día anterior. Este se guardaba en una bolsa que colgaba de las vigas del entrepiso, único lugar a salvo de las ratas que habitualmente circulaban por toda la casa.

Luego de terminar de vestirse con buenas ropas, zapatos puntiagudos, finas calzas grises, jubón, chaqueta oscura y sombrero negro, se dirigió a la puerta, mientras los aprendices soñolientos limpiaban y barrían de paja el lugar en donde habían dormido. Al abrir la puerta ingresó, de repente, la luz de una hermosa mañana, junto con el ruido del mercado, los gritos de los campesinos y los chillidos de los animales en jaulas que presentían la cercanía de su muerte.

Al tiempo que apartaba a los vendedores con su gesto serio y su mirada de ojos grises plenos de determinación, caminó a largos pasos bordeando la plaza y el canal, y se dirigió directamente a ver a Felipe III por el camino más corto al palacio.

Capítulo IV

Jan caminó los quinientos pasos que lo separaban del ayuntamiento en pocos minutos. Como personaje respetado en Brujas, saludó rápidamente a algunos conocidos por las estrechas calles, pero sin detenerse a conversar, para no perder tiempo antes de la entrevista. Estaba involucrado en varias pinturas importantes en ese momento, por lo que no le agradaba demasiado la perspectiva de tener que esperar horas hasta que el duque terminara sus asuntos y se reuniese al fin con él.

En su interior, hubiese preferido mil veces quedarse con ropas sencillas en su casa, pintando detalles de un cuadro, junto con sus sirvientes y aprendices. Desde la muerte de su hermano Hubert, todos los encargos nuevos y la terminación de lo contratado con antelación habían caído sobre sus espaldas. Si bien el taller había crecido y ya eran varias personas permanentes, más los colaboradores externos, los carpinteros que preparaban las tablas y los comerciantes especializados en los materiales de pintura, no podían dejar a todos sus clientes satisfechos a tiempo. Al morir su hermano, ya hacía dos años, le había prometido terminar con el monumental encargo de la familia Vidjts, para la iglesia de Gante, un gran conjunto de tablas con escenas religiosas de gran detalle. Comenzado poco antes de la muerte de Hubert, le llevaría todavía cuatro años más poder entregarlo a sus dueños, ya que cada una de las veinticuatro tablas estaba colmada de detalles, de simbolismos y de una gran belleza y espiritualidad que requería toda su atención. Además de esta monumental obra, estaban los encargos del duque y los de los comerciantes ricos de Brujas y otras ciudades de Borgoña y Flandes. Ya fuesen retratos paganos o escenas religiosas, deberían esperar meses o años antes de ser comenzados. Jan deseaba pintar en paz, concentrado en esas miniaturas y delicadas señales para entendidos que tanto placer le provocaban..., pero ¿quién lo podía reemplazar cuando el duque lo llamaba con urgencia? ¿Y quién podía encargarse de la administración, de los pagos y los adelantos por las obras, depositados en los bancos? ¿Y de la selección de los materiales, pigmentos, tablas, bases y aceites? ¿Y de la confección detallada de los contratos para la ejecución de las obras? ¿Y del pago de la comida y de las refacciones al taller?

Ya los gastos eran un pozo sin fondo, para poder mantener toda esa maquinaria artística en marcha. Se sabía muy bien pagado, pero también estaba convencido de que su fama se cimentaba en la perfección de cada uno de los cuadros que salía del taller, lo que requería que los materiales fuesen intachables y la ejecución, perfecta. Desde la elección de las tablas en bruto, hasta el toque final de lograr el brillo del oro en la redecilla del tocado de un peinado femenino, todo debía pasar los más estrictos controles de calidad. Además, tenía que observar y corregir a los aprendices y dar órdenes a los sirvientes..., en resumen, cada vez le costaba más esfuerzo pintar tranquilo algunas horas seguidas.

Sentía un sincero aprecio por el duque, aunque jamás olvidaba que era su benefactor, mecenas y dueño de su destino. Sus pedidos artísticos podían ser tan variados que prefirió no perder tiempo en cavilaciones y presentarse sin demora ante su presencia.

Terminó de atravesar la plaza adoquinada del ayuntamiento con paso rápido y se presentó frente a los lacayos con claros gestos de impaciencia, a fin de que su presencia se anunciase con rapidez. Luego de aguardar unos pocos minutos en la sala previa, menos de lo que él mismo sospechaba, lo hicieron ingresar en la sala de audiencias.

Al verlo entrar, Felipe, vestido con ropas elegantes, pero sencillas, de color enteramente negro, salvo una camisa blanca que apenas se adivinaba bajo la chaqueta, sonrió y tras separarse de un pequeño grupo que lo rodeaba, se adelantó hacia él y lo saludó con afecto y aprecio.

El duque rechazaba la pompa y el alarde, y su conducta austera y sus exigencias higiénicas marcaban el paso que debía seguir la corte. El baño y el afeitado cotidiano de la barba eran su forma de empezar el día. El cabello oscuro, corto y limpio colaboraba en su aspecto sobrio y medido. Su sentido de la elegancia lo llevaba a comer frugalmente y a seguir, dentro de lo posible, una vida sencilla. De vez en cuando debían ofrecer banquetes y enormes recepciones a personajes importantes de visita, que tenían que sentir en carne propia el poderío de Borgoña. En esos casos, Felipe tampoco abandonaba su natural rechazo a la glotonería, tan usual en sus invitados, que se abalanzaban sobre la larga fila de exquisitos platos preparados por los cocineros del palacio, ante la mirada de los nobles flamencos.

Felipe acostumbraba a menudo a trasladar la corte por sus dominios, a fin de poder gobernar de cerca todas las regiones bajo su mando. Así, sus secretarios y consejeros se habituaron por necesidad a desplazarse con poco equipaje y llevando lo mínimo indispensable, lo que contribuía a la ausencia cotidiana de pompa y complicados protocolos, tan usuales en otras cortes.

Jan realizó una muy corta reverencia, ya que el duque lo tomó del codo enseguida y lo enderezó con un gesto de simpleza, mientras se dirigía al resto de los presentes:

—Debéis dejarnos solos —solicitó el duque en voz alta, con amabilidad y firmeza, lo que provocó la rápida salida de una media docena de consejeros y secretarios que lo acompañaba y que Jan muy bien conocía de la corte.

Felipe III el Bueno, un gobernante inteligente y pragmático, no se rodeaba de aduladores ni de inútiles recomendados, pero eso no quería decir que, como en todo palacio, no hubiera intrigas y luchas internas por el favor del duque.

Esta rápida decisión de quedarse a solas le hizo saber a Jan que el motivo del encuentro era importante. Nada de risas y bromas grupales sobre cuestiones generales de gobierno o nuevas cortesanas incorporadas. Allí pasaba algo inusual.

—Jan, nos conocemos hace varios años ya —comenzó el duque— y tus servicios han sido inestimables para mí. Tu trabajo es apreciado por todos los que ven tu obra y tu fama ha crecido más allá de las fronteras de Flandes. —Luego, sonriendo con franqueza, agregó, ante el silencio y la mirada firme de Jan—: También nosotros hacemos un esfuerzo para que seas recompensado en tal forma que puedes decir que eres el pintor mejor pagado que se conoce.

—Mi señor, agradezco la confianza que en mí se deposita y las generosas sumas que vuestros secretarios dejan salir lentamente, entre dolorosas quejas y murmullos de insatisfacción, de las bolsas cerradas que administran celosamente. No siempre me resulta fácil que los funcionarios interpreten vuestros magnánimos deseos a tiempo y en su totalidad, pero debemos tener paciencia, así han sido los contadores y secretarios desde tiempos inmemoriales.

El duque, sonriendo divertido ante los comentarios, lo invitó hacia unos lujosos sillones en el extremo del gran salón, iluminado en forma natural por un continuo vidriado lateral. Los pasos al caminar resonaban en el gran recinto cerrado con un enorme techo sostenido por gruesas vigas de madera tallada. El imponente edificio evidenciaba a las claras el poder económico del ducado y el florecimiento del comercio en Brujas. El piso de la sala mostraba complicados dibujos realizados con distintos colores de madera lustrada con cera. En las paredes, los escudos de todas las regiones gobernadas por el duque recordaban la gran extensión del dominio que este ejercía. Numerosos candelabros y arañas para velas que pendían del techo, permitían alargar las jornadas de trabajo junto a sus servidores, mientras un inmenso hogar mantenía la temperatura del salón.

—Querido Jan, veo que no pierdes la franqueza ni al hablar ni al pintar, ni tampoco evitas caer en la tentación de la crítica mordaz. Pero iré sin más rodeos al motivo que me ha hecho arrancarte del calor de tus dibujos y pinturas. Bien recuerdas, seguramente, el fallido viaje que realizaras al reino de Aragón hace unos años, en busca de concertar mi matrimonio con la princesa de ese país. Después de ese fracaso, dejé pasar un tiempo razonable, pero la necesidad de establecer alianzas en estos tiempos difíciles que corren, con los reinos de Francia y Castilla que desean poseer nuestras tierras, y la urgencia por tener herederos para estas hermosas posesiones, me obligan a considerar este asunto nuevamente. Pasan para mí también los años y sé que, sin primogénitos, mi vida corre cada vez más peligro, ante la tentación que sienten algunos de usurpar este trono.

Jan comprendió enseguida que el llamado a palacio no parecía el encargo de una nueva pintura. ¿Sería solo un buen consejo de experimentado embajador y casi amigo o se le pediría algo más? El duque en persona sirvió un suave vino veneciano de un botellón de cristal tallado, en labradas copas del mismo juego y se sentaron en dos sillones enfrentados, tapizados en seda, separados solo por una exquisita mesita de ébano, cubierta de dulces y pequeñas flores.

—Escucho atentamente, mi señor, y comprendo las necesidades del ducado, pero no entiendo mi rol en todo esto..., decidme, ¿en qué podría yo serviros?

El duque, con la copa en la mano, lo miró prolongadamente, como buscando las palabras adecuadas en su interior y, finalmente, fue revelándole el verdadero motivo del llamado a palacio.

—Creo que mereces una explicación lo más completa posible, ya que lo que te pediré será un desafío para ti. Es preciso que viajes a Portugal, a Lisboa, junto con la pequeña y discreta comitiva que pronto enviaré a esa corte para solicitar al rey Juan I la mano de su hija, la princesa Isabel. Ya hemos hecho algunos contactos secretos entre las cortes y entendemos que el rey de Portugal vería con buenos ojos este matrimonio, si es que llegamos a un acuerdo satisfactorio. La reina Felipa, la ya fallecida madre de Isabel, fue una noble inglesa y este matrimonio también fortalecería nuestra alianza con ese reino, que también combate contra nuestros enemigos comunes. Sabrás asimismo que Portugal está en plena expansión territorial, ha comenzado a organizar audaces viajes de exploración y está asentando bases en las costas del África y en las islas que encuentran a su paso. Según mis consejeros y espías, no falta mucho para que sea una de las grandes potencias del mundo, ya que el hijo del rey, Enrique, el hermano de Isabel, conduce en persona todos los planes de expansión y las exploraciones marítimas. Han desarrollado modernas embarcaciones y sistemas secretos de navegación, y no dudan en lanzarse a descubrir tierras ocultas. Cada barco, a su regreso, viene cargado con oro y piedras preciosas, así como con carísimas especias y ricas telas. Espero también que pronto esas naves lleguen hasta aquí, a comerciar sus productos y a pagar nuestras tasas e impuestos. Esta alianza, como comprenderás, también nos daría fortaleza para poder enfrentar al reino de Francia. Desde el asesinato de mi padre por manos francesas, juré enfrentarlos hasta que Carlos VII, el usurpador del trono, sea derrotado. Ya hemos avanzado por el este de Francia y los ingleses los atacan por el norte y el oeste hasta tener la ciudad de Orleans a la vista.

Jan escuchaba el largo discurso de Felipe e iba percibiendo la tormenta que se le acercaba rápidamente.

—Pero, señor, si los enviados ya han comenzado con los acuerdos y parecen encaminarse y si este matrimonio presenta tantas ventajas para ambos reinos, ¿para qué solicitáis mi presencia en esas lejanas tierras? —protestó débilmente sin probar la copa de vino que sostenía en su regazo.

—Bueno, esta es la parte que quizá no imagines. Nuestro embajador en Lisboa me ha dado varias veces el consejo de que desista de este enlace, enviándome informes con malas referencias de Isabel y de su familia, y recomendándome que no siga adelante con este propósito. Me ha advertido, además, que no considera a la princesa ni culta ni educada como para convertirse en mi esposa, amén de que la considera inexpresiva y poco afecta a la limpieza personal. También me dice que su familia solo tiene interés en casarla conmigo para poder traicionarnos más adelante con los franceses. En fin, como verás, es una larga lista de comentarios negativos acerca de este posible enlace. —Y se extendió hablando Felipe, ante la sorpresa creciente de Jan—: Debería descansar ciegamente en las observaciones y consejos de mi embajador en Lisboa, el doctor en leyes Lievin, hijo de una noble familia de Borgoña, y desistir de este proyecto, pero a su vez poseo los informes que me ha enviado el capitán de la guardia de la embajada, Manfred, que es un militar de mi confianza, ya que sirvió a mis órdenes directas por años. Desgraciadamente, me informa que nuestro embajador se reúne más de lo que la prudencia aconseja con el embajador de Carlos VII de Francia y que, juntos, acostumbran cenar y salir a recorrer las casas de placer de Lisboa. —Dejando la copa sobre la mesa, Felipe retomó su relato—: No he querido alertar a nuestro diplomático, así podemos seguir sus pasos con más tranquilidad, pero me temo que sus intereses personales hoy estén más inclinados hacia Francia que hacia Borgoña. Creo que esto no hace más que confirmar que los franceses temen esta posible alianza y actúan a través de nuestro embajador para desalentarme. De esta manera, si no logro averiguar la verdad y, en consecuencia, no conseguimos establecer una coalición a través de mi matrimonio, lograrán aislarnos y seremos cada vez más vulnerables a sus ejércitos.

—Comprendo lo que relatáis, señor, y supongo que el abogado Lievin tiene sus días contados como embajador de Borgoña en Portugal. Pero sigo sin entender cuál podría ser mi colaboración en este caso, ya que evidentemente se trata de un conflicto entre Estados y embajadores.

—Estimado Jan, he observado con agrado tu inclinación a pintar retratos en ese nuevo estilo realista, que permite ver al modelo como si fuese en un espejo, en el que quedara congelada la imagen. Eres hasta cruel a veces con tu pincel, ya que no perdonas ni arrugas, ni asimetrías, ni verrugas, que afean a los ricos mercaderes o prelados. Por esto mismo es que preciso tus servicios. Deberás viajar junto con la comitiva de funcionarios y consejeros, pero además te solicito pintar un fiel retrato de la princesa Isabel y enviármelo desde Lisboa junto con un informe secreto y detallado, a fin de que pueda conocer a la posible duquesa antes de encontrarme personalmente con ella —el duque prosiguió hablando, ante el asombro de Jan, que no alcanzaba a creer lo que oía—: Dicen mis otros informantes de la embajada que no es una mujer de gran hermosura, ni de modales sumisos, pero también me expresan que es culta, inteligente y de gran determinación. Condiciones todas que necesito en estos días para quien esté a mi lado y para educar a mis descendientes. Quiero poder juzgar el carácter y la belleza de Isabel al mismo tiempo. Tu misión será delicada, ya que exigiré al máximo al pintor y al diplomático, y deberás decirme si nuestro embajador está en lo cierto y me da sabios consejos, o es un traidor a su país y debo actuar en consecuencia por más que pertenezca a una noble familia de Borgoña. Confío plenamente en tu lealtad y en tu criterio como hombre y artista, por lo que te pido que en esta misión te esfuerces al límite de tus posibilidades.

Jan escuchó atónito el pedido del duque. Tendría que viajar dos mil millas para solicitarle en persona a la princesa de Portugal que permitiese someterse a la vejación de dejarse pintar un retrato, para que su señor, luego de mirarlo y conceptuarlo, junto a un informe escrito de las virtudes de Isabel y de las verdaderas intenciones de su familia, accediese o no al matrimonio..., y además actuase en consecuencia con el embajador de Borgoña en Portugal. Imaginó por un instante la situación de solicitar la pretensión de su señor frente a la princesa, rodeada de su séquito, consejeros, damas de compañía y tutores, y sintió un malestar similar a un mareo durante una tormenta en el mar.

—Pero, mi señor,... lo que me solicitáis... ¡es imposible! —balbuceó Jan, que no podía recuperarse todavía, mientras dejaba la copa en la mesita y abría las manos en señal de desamparo.

—Entiendo bien tus reservas, estimado van Eyck, pero confío plenamente en tus dotes de hombre de mundo, de seductor y en tu perfección y magia con los pinceles. Deberás salir con la comitiva en dos meses, por lo que supongo que tendrás muchos asuntos que arreglar. —Y al tiempo que acercaba su sillón, le habló, apoyando amistosamente una mano en su rodilla—: Estimado Jan, sabes con certeza que, además de la oportunidad de servir al país, tus esfuerzos serán generosamente recompensados y, en muestra de ello, te he preparado un adelanto para los gastos del viaje, igual a lo que cobras en seis meses como pintor de la corte. Comprenderás, también, el absoluto secreto de esta misión, ya que si llega a oídos de los espías de Francia cuál es el motivo de tu viaje, harán lo imposible para impedir este matrimonio a cualquier precio, por lo que se pondría en peligro la vida de todos nosotros. Estás realizando un servicio inestimable para el ducado y para mí, que nunca olvidaré. Jan, nadie puede reemplazarte en esta misión. Nadie posee tu capacidad de retratar y solo en ti confío para que escribas un informe preciso que acompañe la pintura. En caso de que nuestro embajador en Lisboa nos esté traicionando, nos ocuparemos de él con el rigor que la ocasión amerita.

Dando por terminada la reunión, se puso de pie obligando a Jan a hacer lo mismo y agregó mirándolo con firmeza a los ojos:

—Ahora, debo continuar con los preparativos de este delicado asunto. Mi secretario te traerá enseguida el comprobante para el depósito y el recibo correspondiente, para que puedas disponer de los gastos de preparación del viaje.

Y dándose vuelta, dejó a Jan parado en medio de la gran sala y se dirigió hacia la puerta donde se agolpaban sirvientes, secretarios e intrigados consejeros, que hubiesen matado por poder escuchar el diálogo que acababa de terminar entre los dos hombres.

Capítulo V

Bajó los escalones del ayuntamiento ensimismado y caminó lentamente de regreso a su casa. Apenas logró contestar con un gesto los saludos de los conocidos que cruzó en el camino, absorto en sus pensamientos, con todo lo que el duque acababa de encomendarle.

Comprendía perfectamente los alcances de la misión que le había sido confiada. Si bien figuraría otro diplomático como la máxima autoridad desde lo administrativo, sabía que él era el responsable del éxito o del fracaso de la tarea comisionada.

De su persuasión, primero, y de su habilidad con los pinceles, después, dependía un matrimonio que alteraría el equilibrio actual de fuerzas y alianzas. También se jugaba la posible descendencia del duque, con derecho algún día a heredar Borgoña y Flandes. Si bien Felipe tenía dos o tres hijos a quienes protegía con deferencia, estos habían sido concebidos como hijos naturales, con muchachas de la corte, y no poseían derecho alguno al trono.

Cuántos temas al mismo tiempo pasaban por su cabeza... Nunca había sido tan clara la relación entre el arte y la política. Había pintado para autoridades civiles y religiosas, para ricos e influyentes, pero siempre los encargos habían sido una simple demostración de poder social o de sumisión frente a la autoridad de la Iglesia. Este retrato iba más allá de todo lo anterior. De sus manos expertas y de su habilidad como diplomático dependería el futuro de su tierra.

Les diría a todos que se iba a Inglaterra a estudiar las obras de otros pintores y que debían acompañarlo sus aprendices. Así cuidaría el secreto del duque y, sin que ellos lo supiesen, protegería también sus vidas.

Debería llevar con él a algunos de sus aprendices más aventajados para que lo ayudasen en esas lejanas tierras... Petrus, Dieric, Joos, Rogier y a los napolitanos Antonello y Bruno..., pero no les contaría la verdadera misión hasta que no se hallasen en alta mar. El resto de los practicantes y ayudantes quedaría en el taller cuidando las pinturas inacabadas y conteniendo a los clientes ansiosos.

Antes de regresar a su casa, ingresó a una taberna con vista a uno de los canales y, mientras tomaba una cerveza, meditó largamente, sentado solo en un banco de madera. Dios o la historia lo colocaban en esta situación. Sabía interiormente que era capaz de llevar a cabo la misión y sabía también que las palabras del duque eran ciertas. Solo él podía consumar esa tarea a la perfección. Su propio lema le dio vueltas en la cabeza y lo condujo hacia la aceptación de lo inevitable: "Como yo puedo".

Finalmente, dejó unas monedas sobre la mesa y siguió su camino. Al llegar al taller se derrumbó en una silla y contestó mecánicamente a las consultas de sus ayudantes sobre bases y colores para los trabajos en marcha. Sus pensamientos ya volaban lejos de allí. Debería preparar cajas especiales con todo lo necesario y embalarlas de forma tal que se pudiesen conservar en perfecto estado para la travesía por mar.

Intentó realizar mentalmente un listado de materiales indispensables para el viaje. En primer término, llevaría sus últimos desarrollos para la obtención de colores al óleo. Años de búsquedas e intentos lo habían hecho abandonar los viejos temples al huevo. Sus pruebas con aceites de linaza y nuez le habían dado excelentes resultados, ya que retrasaban el secado lo suficiente para realizar esa larga lista de retoques y capas sucesivas que le gustaba dar y que otorgaban además un brillo único, prodigioso.

Solo él conocía la forma de obtener mezclas de ligeros aceites translucidos, la proporción exacta entre estos y la disolución con esencia de trementina de pino, a fin de lograr el tiempo preciso de secado que a él le agradaba y la viscosidad que sus propios pinceles requerían.

La claridad de estos aceites no modificaba el color natural del pigmento y producía una buena adhesividad con la base y entre las distintas capas de pintura. Por otro lado, la delicadeza de los colores obtenidos de la mezcla de pigmentos con esas proporciones de aceites le permitía dar sutilísimas capas consecutivas, o veladuras, que dejaban ver transparencias y brillos impensados. Estos colores, disueltos en óleo, permitían también la búsqueda infinita de tonalidades, ya que se unían muy fácilmente entre sí, por lo que daban una paleta con la que solo se había soñado hasta entonces y un acabado final brillante, sin contracciones ni fisuras, y bastante resistente al agua.

Sin duda, debía conseguir tablas secas y mandar a fabricar tableros a sus carpinteros de confianza. Las tablas unidas deberían poder soportar los cambios de clima durante el viaje de ida y de vuelta. Solicitaría que los encastres estuviesen doblemente reforzados y, además, que los tableros fuesen apretados de a tres, con unas prensas móviles para poder llevarlos contenidos durante los dos viajes. El retrato no debía ser muy grande por la movilidad, ni muy pequeño para que también se pudiesen apreciar los detalles.

Sobre las tablas perfectamente pulidas iría la aplicación de sucesivas capas cruzadas de cola de conejo mezclada con yeso, lijadas y pulidas con piedra pómez. En la última capa acostumbraba dar un toque de aceite de linaza para otorgarle algo de impermeabilidad y suave brillo.

Además mandaría a hacer dos atriles nuevos y soportes para candelabros por si debía prolongar las jornadas de trabajo más allá de la luz del día. Pensándolo bien, decidió también embalar varias docenas de velas de París, ya que conocía a la perfección el tipo de luz que daban y cómo esta deformaba sus colores con respecto a la luz natural.

Encargaría dos docenas de pinceles a sus ayudantes, de un buen surtido de formas y tamaños. Debían comprarse los atados de pelo de marta, visón y ardilla, de los países del norte, y comenzar la fabricación artesanal de cada uno de ellos. Hervir los pelos, seleccionarlos, elegir los mangos cuidadosamente, lijarlos y ahuecarles un extremo, formar los atados y fijarlos con una delicada cinta metálica..., muchos de los pinceles fabricados en su taller no pasaban la inclemente revisión y prueba de Jan. Incluso él personalmente fabricaba los más pequeños, para poder completar los minúsculos detalles y mensajes escondidos, que le gustaba dejar para la posteridad.

También debía llevar trajes y calzado para la ocasión. Tal vez tendría que empezar mañana por ir al sastre a terminar de completar sus atuendos, ya que su guardarropa no se encontraba suficientemente surtido para una ocasión como esa.

En dos meses saldría de Brujas y volvería cubierto de gloria o quizá perdería la vida en tierras lejanas. Solo Dios lo sabía...

Suspirando se enfrascó en la pintura de un gordo obispo, a quien no le perdonó ni arrugas, ni la abundante papada que colgaba de su cara.

A las pocas semanas del encuentro de Jan van Eyck con el duque, un anochecer de Brujas, la residencia de un mercader se transformó en el marco de un encuentro entre dos hombres corpulentos de evidente acento francés y el propietario que escuchaba en silencio mirando la punta de sus zapatos. El establecimiento de importación acostumbraba comerciar todo tipo de productos y entre ellos, desde la península ibérica, cochinilla, grana escarlata y desde oriente lapislázuli y añil, también delicados aceites y pieles de animales. Todo lo necesario para un taller de pintura.

—Escucha, Alexander, lo que te pedimos es sencillo. Debes averiguarnos cuándo saldrá una comisión del duque hacia Portugal. Sabemos que tu cliente, el pintor Jan van Eyck, formará parte de ese viaje. Cuando vayas a ofrecer tus nuevos pigmentos o él venga a verte para formular algún pedido, deberás disimuladamente obtener nuestra información. Solo tendrás que indagar el lugar y la fecha de salida y el nombre del barco.

El mercader lucía muy asustado. Se daba cuenta de que si pronunciaba las palabras erradas, en pocos minutos estaría flotando boca abajo en el canal entre las barcazas.

—Pero, señores, debéis comprender que solo somos simples mercaderes, no acostumbramos inquirir sobre los viajes de nuestros clientes, ni mucho menos con la precisión que pedís. Nos solicitan mercaderías, las pagan y llevamos los envíos a domicilio.

El francés respondió con una sonrisa helada:

—Sabemos que con tu ingenio y la ayuda de Dios lograrás averiguar lo que te pedimos. Seguramente preferirás quedarte con una suculenta recompensa por obtener esos datos tan simples, que arriesgarte a sufrir una desgracia tú mismo o tu propia familia. —Suspirando como si solo relatara desgracias del todo ajenas a él, continuó—: Infelizmente corren tiempos violentos y estamos todos expuestos a un ataque de asesinos o a sufrir destrozos por parte de vándalos. Creo que si reflexionas cuidadosamente esta noche, podrás comprender qué es lo que te conviene a ti y a tu mujer e hijos. Cristo, nuestro Señor, protegerá tus intereses, si es que tomas el camino correcto. Este país tolera y alimenta la herejía y tú, en cambio, puedes ayudar a la obra de Dios.

El francés lo miró fijo a los ojos y le tomó una mano entre las suyas a modo de despedida. Sin soltarlo, comenzó a cerrar la mano con increíble fuerza, hasta que a Alexander se le salió de la boca un quejido involuntario. Cuando el visitante le soltó la diestra, se la sostuvo para fregársela con la otra y descubrió con sorpresa que le había dejado una valiosa moneda de oro, casi clavada en la carne.

Los espías apuraron el resto de vino de sus tierras, que les habían servido como atención especial y se pusieron de pie con el evidente ruido de las armas que llevaban escondidas entre sus ropas, mientras se despedían del mercader.

—Adiós, amigo mío, pronto tendrás noticias nuestras. No olvides que tenemos ojos por toda la ciudad y te estaremos controlando a cada paso. Te deseo que elijas el camino de nuestro Señor, a fin de poder conservar nuestra amistad por largos años.

Sin más palabras, salieron con paso rápido del negocio, llevando consigo unas botellas del aceite de oliva que tanto extrañaban en esas tierras. Sin mirar atrás, apuraron la marcha entre la niebla del canal y en segundos los tragó la oscuridad del invierno.

Todavía lívido, Alexander miró el pedido de Jan que estaba preparando en la trastienda. Se lo había encomendado días antes y sabía que apenas disponía de dos semanas para completar toda la lista y que esta tenía que ir preparada como para una travesía por mar. Todos los frascos debían llevar un corcho a presión y luego las bocas tenían que sumergirse en cera derretida. A continuación cada uno iría envuelto en paño y acomodado en cajones de madera rellenos de paja, cuyas tapas serían claveteadas y las iniciales, JVE, marcadas en cada tapa.

Alexander se frotó la mano lastimada, mientras miraba a los hombres alejarse por la calle paralela al canal. ¿Cómo encontraría el equilibrio entre no traicionar a su amigo y conservar la vida y su negocio?... Ya se le ocurriría algo, pensó, mientras miraba la moneda de oro entre sus dedos.

Pasaron los días y pronto comenzaron los preparativos del viaje. Los consejeros del duque eligieron dos ágiles naves mandadas a construir en astilleros de Venecia, propiedad de la familia Di Lucca, expertos y discretos navegantes que, luego de una negociación, alquilaron las embarcaciones con tripulación completa y capitaneadas por los dos hermanos mayores de la familia, Diego y Renato. Jan en persona controló cómo el equipaje destinado a la pintura era colocado con sumo cuidado en una de las carracas. Día tras día, se cargaba a bordo todo lo necesario para la travesía. Comida, agua en toneles, velas y cordajes, regalos para la corte portuguesa... Parecía que no se concluía nunca de preparar la reducida flota. Finalmente se terminaron de estibar cuidadosamente las dos naves, en previsión a cualquier contratiempo con el clima, y se anunció que al día siguiente, antes del amanecer, zarparían con destino a Inglaterra.

Esa misma noche, la anterior a la partida, con los barcos cargados y listos para desatracar, dos figuras se acercaron a los centinelas del muelle. En pocos minutos y luego de pagar gruesas sumas a los soldados de guardia, se deslizaron dentro de las bodegas con pequeños odres llenos de un veneno insípido que habían solicitado a Sevilla. En pocos minutos, toda el agua potable de los dos barcos contenía suficiente ponzoña como para mandar a la muerte a las tripulaciones y sus pasajeros en unas pocas horas. Los hombres rápidamente abandonaron el puerto y se refugiaron en la posada donde se alojaban en Brujas. Esa fue, para ellos, una noche de festejos y de envío de emisarios a París. Eligieron buenos platos y mujeres caras. Podían estar satisfechos con la misión cumplida. Al día siguiente volverían a su patria a rendir cuentas a su rey.

Capítulo VI

Mientras el barco se despegaba lentamente de la costa, Jan se apoyó en la borda y respiró el aire frío del amanecer del día que comenzaba. Los botes remolcadores movían despacio la nave, con el esfuerzo de los doce remeros, seis por cada banda. La primera embarcación había zarpado hacía unos minutos y ya estaba desplegando sus velas. Cuando saliese el sol, estarían navegando a pleno hacia Inglaterra, primera escala del viaje. Según lo previsto, llegarían a las islas en alrededor de una semana permaneciendo en ellas casi un mes, tiempo que sería aprovechado por la comitiva oficial para ajustar los detalles de la boda de acuerdo a los intereses de las islas. Después de todo, Isabel era hija de madre inglesa y Portugal, como Flandes, tenía además fuertes lazos e intereses económicos con los ingleses, con quienes compartía como enemigos comunes a ibéricos y franceses.

La comitiva estaba presidida por Jean de Roubaix, caballero y consejero de Felipe III, junto al doctor en leyes Gilles d'Escornaix, a cargo de la redacción de los contratos, y demás funcionarios de la corte. Todos ellos viajaban en la primera nave, que, comandada por el mayor de los Di Lucca, Renato, se alejaba hacia el horizonte. Jan, el caballero Baudouin de Lannoy, con quien mantenía una relación de afecto y aprecio, y sus ayudantes y servidores, junto con el equipaje especial para la pintura del retrato, iban en el segundo barco, capitaneado por Diego Di Lucca, quien parecía ser un hombre agradable y admirado servidor de Jan. Con el transcurrir de los días, ellos pasarían cada vez más tiempo conversando, mientras se maravillaban con los bocetos y apuntes de dibujo que parecían surgir de las manos de van Eyck como por arte de magia y a cambio el maestro aprendía los rudimentos y algunos secretos de la navegación a vela.

El plan trazado en Brujas consistía en que, mientras la comitiva legal y administrativa se reunía con el rey Juan I y sus consejeros, para comenzar a concertar los pormenores del contrato de matrimonio, Jan e Isabel pudiesen dedicarse a los retratos que Felipe había solicitado... siempre que la infanta aceptara dejarse pintar por el artista flamenco.

En previsión de cómo realizar su tarea, Jan mantuvo antes de zarpar y luego ya en el viaje, varias reuniones con su amigo Baudouin de Lannoy, a quien le explicó claramente su plan.

—Necesito ganar tiempo para poder hablar con Isabel e intentar convencerla del pedido de Felipe. Mientras vosotros comenzáis lentamente con la discusión de los posibles acuerdos, yo me presentaré ante ella, a fin de que considere la posibilidad de dejarse pintar un retrato. Preciso tiempo para convencerla, luego para pintar el cuadro y finalmente para que este viaje a Brujas junto con un informe mío a Felipe. Vosotros deberéis mostrar voluntad positiva de llegar a un acuerdo, pero también tendréis que encontrar formas legales de darle largas al asunto.

—No te preocupes por el tiempo que necesitas, estimado Jan. Si hay algo en lo que los abogados y consejeros son especialistas es en dificultar lo sencillo y en demorar lo que podría ser expeditivo. Si les recomendamos que lo hagan despacio, ¡sencillamente no lo harán nunca! —contestó entre risas Baudouin y luego continuó—: Pidiéndoles de rodillas que el trámite fuese urgente, quizá lo harían en un tiempo razonable. Creo que tan solo librándolos a su esencial naturaleza de entorpecer, desconfiar y problematizar, ¡nos darán tiempo suficiente como para pintar varios retratos!... Y hablando de ese tema. No hemos vuelto a conversar de tu promesa de pintarme un retrato a mí y de firmarlo con tu nombre. ¡Bien sabes lo mucho que lo deseo, aunque no soy un rico prelado o un rey poderoso! Ya tengo pensado dónde lo colocaré en mi casa, para envidia de las visitas de la corte y para el suspiro de las damas que lo observen.

—Estimado amigo, la prioridad en este viaje es la pintura de Isabel, pero me comprometo, sobre este mar calmo y estos vientos amigos que nos llevan, a que luego de regresar a nuestra tierra, el próximo retrato que pintaré será el tuyo. No preciso que seas ni rico, ni poderoso para ser mi modelo. Tu amistad y lealtad son más que suficiente pago para mí.

Conversando así, los dos amigos volvieron su vista hacia el mar, entre el chillido de las gaviotas que acompañaban las naves, con la esperanza de poder recoger algo de la comida que los marineros les arrojaban.

Pero faltaban aún varias etapas por transitar. En principio, llegar a Inglaterra sin contratiempos climáticos y sin encuentros belicosos con naves francesas. Luego, las primeras reuniones de los consejeros y doctores de la misión borgoñona con los de la corte inglesa, a fin de que estos últimos ayudasen a acordar los contratos a presentar en la corte portuguesa. Una vez escritos los borradores finales, navegar por las costas de Finisterre hasta la desembocadura del río Tajo, cuyo estuario cerrado con cadenas protegía a la ciudad de Lisboa. Allí, presentarse ante la corte y comenzar, con la ayuda de traductores y escribas, las negociaciones de los acuerdos de matrimonio, que incluirían dotes, herencias, derechos de posesión de los descendientes, acuerdos en caso de guerra de uno de los países con terceros, derechos de comercio, procedimientos para aplicar impuestos, normativas a tener en cuenta frente al fallecimiento de uno de los cónyuges…, una lista interminable… Mientras tanto, Jan aprovecharía ese generoso tiempo de la burocracia real para pedir audiencia con la princesa Isabel, a fin de plantearle el pedido de Felipe de que se dejara pintar el retrato… ¿Qué sucedería en esa reunión? Solo Dios lo sabía... ¿Y si la princesa lo tomaba a mal y ofendida lo echaba del palacio? ¿Y si eso entorpecía el resto del contrato de matrimonio? Y si ella aceptaba..., ¿bajo qué condiciones sería?

Unos días atrás, antes de la partida de la expedición a Portugal, Alexander había tomado una decisión. Luego de meditarlo con detenimiento y de consultarlo con su mujer, una noche en secreto, fue a ver a un pariente de su familia política, que trabajaba en la guardia personal del duque. Se dirigió directamente al palacio, caminando por las frías calles de Brujas, envuelto en una larga y abrigada capa. Aprovechó el trayecto desde su casa, para ir practicando el discurso con el que relataría los hechos. Algún transeúnte ocasional se sorprendió de ver a ese hombretón hablando solo por las calles, contestando a las preguntas que se imaginaba que le harían los soldados.

Finalmente, cuando llegó a la entrada lateral, los soldados que se hallaban en la sala de guardia lo recibieron con frialdad, por lo que prefirió callar el motivo de su visita. A su propio pedido, se reunió con el jefe nocturno a cargo, quien lo escuchó impávido sin opinar y luego lo hizo esperar en la fría sala de guardia, mientras ordenaba que dos soldados lo custodiasen para que no escapara. Un largo rato después, lo hicieron pasar a otra sala, donde debió responder a las desconfiadas preguntas del jefe de la guardia personal del duque, que evidentemente sospechaba del grado de colaboración de Alexander. Pasó toda la noche explicando y dando pequeños detalles, repetidos hasta el cansancio, mientras un escribiente anotaba toda la declaración, con pluma de ganso y apretada letra. Ya al amanecer, lo mandaron a sentarse en un incómodo banco, dentro de una sala helada, donde terminó por quedarse dormido, agotado por el cansancio y la tensión de sentir que desconfiaban también de él. A los pocos minutos lo despertaron sacudiéndolo y lo llevaron por largos pasillos oscuros, hasta llegar a la entrada del palacio. Alexander, agotado y nervioso, temía por su vida a cada paso que daba, ante la evidente suspicacia de los soldados que lo rodeaban.

Luego de un rato de espera en otra pequeña sala, lo hicieron ingresar en un aposento de estudio con biblioteca, tapizado con gruesas alfombras y lujosos sillones y escritorios, donde, para su sorpresa, lo aguardaba el duque en persona, detrás de un escritorio de lectura. Se encontraban además un par de consejeros en cuestiones militares, el jefe de la guardia personal que le había tomado declaración y el chambelán de palacio. Todos vestidos con ropas sencillas, negras y con el gesto de encontrarse frente a una situación difícil. Después de un corto saludo, debió volver a narrar con lujo de detalles el encuentro y cada una de las preguntas que le habían hecho los dos espías franceses. Incluso mostró al duque y a sus acompañantes la moneda de oro que le habían dejado como recuerdo y recompensa. Así, pasó un buen rato hablando y respondió más de lo que él mismo creía que sabía del hecho, motivado por las incisivas preguntas de los asesores.

Al concluir el interrogatorio, el silencio cayó pesadamente sobre la biblioteca, mientras Felipe frotaba con calma sus sienes y observaba la dorada moneda solitaria que brillaba sobre la gran mesa oscura. Ante el mutismo del duque, todos sus acompañantes callaron también, al tiempo que observaban a Alexander que se mantenía pálido, al borde del desmayo por los nervios y el temor. Pasados unos eternos minutos, el duque le habló:

—Has hecho bien, mercader, en venir a contar esta historia. Has de saber que conocíamos tus encuentros con los dos espías, ya que los teníamos identificados y bajo secreta vigilancia. Si sigues vivo todavía, fue porque decidimos no torturarte a fin de que confesaras, para no alertar a los franceses. Ahora vienes y te presentas aquí por tu cuenta a relatar los hechos que conocíamos. Esto que has hecho salvará tu vida y además serás hombre de mi confianza de ahora en adelante.

Aliviado de repente, Alexander se inclinó hasta arrodillarse sobre la alfombra y besó entre lágrimas la mano de Felipe, mientras internamente agradecía su buen tino y suerte.

A continuación, la reunión se transformó en un ir y venir de opiniones y de largas reflexiones sobre el relato del comerciante. Finalmente, tomaron una decisión estratégica para confundir a los espías. Decidieron dejar las cosas como estaban, a fin de no levantar sospechas entre los conspiradores y que, en consecuencia, no intentasen confabular más contra la misión, creyendo que ya habían logrado detenerla. Le indicaron a Alexander que avisara a los franceses en qué puerto y qué naves serían las de la comitiva a Portugal. De esa forma, actuarían confiados y seguros. Debía relatarles que zarparían desde el puerto de Sluis en dos naves de uso frecuente para el comercio con Inglaterra y Portugal, propiedad de la familia veneciana Di Lucca.

Al acercarse la fecha de partida, un hombre de la guardia personal del duque, disfrazado de soldado común de Brujas, dejó pasar a los dos franceses por la guardia de control que velaba por la seguridad de los barcos, a cambio de una generosa bolsa de monedas. Los dos espías rápidamente se introdujeron a bordo, con unos morrales donde llevaban un poderoso veneno y luego de identificar los toneles de agua potable de las naves arrojaron su contenido adentro. Sin que ellos lo supieran, durante toda la operación, eran observados por agentes de Felipe escondidos en baúles con pequeñas mirillas. Al finalizar el rápido atentado, los agresores volvieron a pasar por el puesto del pretendido guardia cómplice y pronto se perdieron en la oscuridad.

Luego de salir del muelle se dirigieron a la cercana Brujas y con la satisfacción del deber cumplido, enviaron dos emisarios con misivas en sobres lacrados, en las que aseguraban que pronto la comitiva flamenca a Portugal estaría enferma y con sus miembros agonizando, lo que tranquilizaría al rey de Francia.

Al otro día, antes del amanecer, los espías franceses se despertaron con un tropel de soldados que irrumpió en sus habitaciones de la posada frente al gran canal. Las mujeres que los acompañaban en sus lechos huyeron entre gritos por las escaleras, mientras los dos hombres comprendieron rápidamente que era inútil cualquier resistencia. Después de una corta y brutal golpiza, fueron atados de manos y empujados, desnudos y ensangrentados, hasta un carro tapado con telas negras, que los llevó a los saltos y rebotando contra las rejas por las calles de Brujas. Una vez conducidos a los subsuelos del palacio, fueron arrojados en una oscura y húmeda mazmorra de piedra, con rejas de hierro.

A los pocos minutos fueron identificados, a través de una fina rendija entre cortinas de tela, por Alexander, el mercader, que había sido traído corriendo desde su comercio al borde del canal. Luego de una señal con la cabeza del jefe de la guardia, los soldados del duque se llevaron a los espías a la rastra a los salones ubicados al fondo, famosos por las formas de confesión que en ellos se utilizaban con los conspiradores y asesinos.

Allí se hicieron cargo los especialistas en arrancar las declaraciones a los prisioneros. En pocos minutos los izaron, sostenidos de unas cadenas que se les hundían en la carne de los tobillos por unas argollas que pendían del cielorraso de piedra y rápidamente colgaban desnudos cabezas abajo, mientras veían calentar en una fragua una colección de pinzas y tenazas de hierro. Tenían las manos atadas por detrás y el cuerpo mojado de sangre y sudor, mientras temblaban de frío y de miedo.

Al costado de los prisioneros colgados de los pies, se encontraba una pequeña mesita de madera, con hojas en blanco, un tintero y unas plumas de ganso, para que pudiese llevar a cabo su tarea el escriba de guardia de la sala de tormentos.

Pronto arribó el verdugo encargado de las confesiones, quien no podía evitar que se le escaparan unas pequeñas risas de satisfacción, mientras les hablaba a los prisioneros con la frialdad y seguridad de una práctica ya repetida cientos de veces. Sus ropas, de telas rústicas y cuero sin tratar, estaban sucias de sangre vieja y sudor, sobre todo en el grueso y prominente abdomen. Era ya un hombre mayor, casi sin dientes y con pocos cabellos grises en su arrugada cabeza. Precavido, acomodó con el pie, debajo de sus cabezas, los baldes para la sangre, a fin de no ensuciar el piso ni sus sandalias y les preguntó:

—Estimados caballeros, ¿quién desea ser el primero en colaborar y dictar todo lo que sabe? Me dicen que sois muy religiosos, así que no debéis temer nada, pues el dolor os purificará y seguramente la muerte lenta os conducirá a la vida eterna. Os garantizo que tarde o temprano vais a hablar, por lo que será mejor para todos que no perdamos tiempo.

El discurso de bienvenida ya lo tenía aprendido de memoria de tanto repetirlo y sabía que su aspecto relajado y profesional asustaba más aún a sus víctimas. Mientras tanto, los espías colgados lo miraban con dificultad entre los hilos de sangre y sudor que se les metían en los ojos, e intentaban pensar fríamente, pero sin lograr imaginar otro plan que no fuera callarse la boca. Luego, el verdugo continuó hablando, mientras un pálido y correcto muchacho se sentaba frente al escritorio y tomaba la pluma.

—Podemos pasarnos todo el día aquí, o podemos escribir el informe de confesión con premura. De todos modos, será bueno para vosotros y para nosotros, que antes probéis un poco del calor de estos hierros. Mis años de trabajo me dicen que de ese modo se sacan mejores confesiones y más completas en detalles, para que el escriba aquí presente pueda lucirse con su encargo.

A continuación pasó a explicar detalles de su profesión, que los prisioneros no hubiesen querido escuchar.

—Vamos a usar hierros al rojo, para que se sellen las heridas al mismo tiempo que trabajamos y salga poca sangre. No queremos grandes hemorragias antes de tiempo, pues debéis recordar hasta los mínimos pormenores, para que el informe de mi compañero sea del agrado del jefe. Os advierto que si no confesáis todo lo que él les pida, deberemos desollaros lentamente las piernas y los brazos, mientras os mantengo despiertos con baldes de agua fría en la cara.

Dicho esto, tomó una tenaza de hierro negro candente y se dirigió hacia uno de los prisioneros, elegido por ser el que más se retorcía y hablaba. El notario, mientras tanto, mojó la pluma en tinta y se dispuso a tomar nota ordenada de las confesiones, que pronto saldrían entre gritos de espanto y dolor. Esta vez debería esforzarse en entender el idioma extranjero. Para su pesar, casi todos los torturados confesaban en su idioma nativo. Movidos por el sufrimiento y el terror, no podían traducir y gritaban en la lengua materna. Eso dificultaba mucho su tarea, ya que numerosas veces debía pedir al verdugo que trabajase más lentamente, o que hiciese pausas en su faena, a fin de poder completar una oración o una idea. Cuando la lengua en que gritaban era totalmente extraña, se debían traer traductores para no equivocar el texto. Antes de empezar, tal como había aprendido de su antecesor, colocaba prolijamente el lugar, la fecha y el nombre del prisionero a torturar. Cada vez que completaba una hoja, la numeraba y al final de la confesión debía colocar su firma.

Si había hecho falta utilizarlo, también era menester que figurara el nombre del traductor. A veces, tiempo después, se llamaba a los notarios a dar aclaraciones de los textos de confesión por lo que debían estar bien escritos y con la mayor cantidad de detalles posibles.

Una vez completado el primer informe y con indicaciones marginales sobre el momento de la tortura en que era extraída esa confesión, le era entregado al jefe de la guardia, que debía aprobarlo o sugerir que se insistiera con alguna pregunta. Luego de las correcciones finales, era llevado a los consejeros del duque, que luego de leerlo decidían sobre la vida de los prisioneros, siempre que ya no hubiesen muerto para ese entonces.

Uno de los ayudantes del verdugo, movido por la experiencia que da la rutina, abrió el ventanuco de ventilación a fin de evitar, en parte, el desagradable olor a carne quemada y heces que en pocos minutos iba a inundar la sala. Mientras tanto, otros dos ayudantes acercaron una pequeña y sólida escalera, situándola a espaldas de los infortunados espías, que intentaban convencer al verdugo de su inocencia hablando atropelladamente.

El capitán de la guardia dio media vuelta y se alejó. A los pocos pasos le llegó a sus espaldas, entre el agitar de las cadenas que lo tenían amarrado, el grito desgarrador del primer prisionero, cuando las tenazas al rojo le empezaban a cortar los dedos de los pies.

Tal como habían planeado al salir de Brujas, apenas la costa se perdió en el horizonte, el capitán de cada una de las naves ordenó subir a cubierta todos los toneles de agua envenenada y los hizo arrojar al mar, ante la sorpresa de los marineros. En cada embarcación se habían cargado unos cajones sellados con apariencia de equipaje, que adentro contenían odres de agua pura controlada en forma personal por los servidores del duque. Con eso bastaba para llegar a Inglaterra, donde repondrían los toneles de agua para el resto del viaje.

El viento soplaba en buena dirección y los barcos navegaban alegres hacia su destino. Jan, acodado en la popa, miraba la costa que dejaban atrás y que se afinaba frente a sus ojos. ¿Cuándo regresaría a su amada tierra y a sus cuadros?... Nadie podía saberlo. También volvió sobre él la conocida sensación de saberse un elegido, el mejor hombre que se podía encontrar para esa tarea, lo que lo llenaba de orgullo y satisfacción profesional.

Luego se dirigió hacia sus aprendices, que reían como niños en la borda, mirando los peces y las gaviotas, disfrutando de un viaje de aventuras por mar y la posibilidad de conocer Inglaterra. Luego de llamarlos por sus nombres a su lado, les habló con voz pausada y afectuosa, para que entendiesen claramente sus palabras. Los ayudantes provenían de familias de artistas de la región que enviaban a sus hijos a formarse, excepto Bruno y Antonello, que habían venido juntos desde la lejana Génova. Iban vestidos con la ropa sencilla y pobre de los aprendices, aunque Jan les había obsequiado zapatos y chaquetas de abrigo para que pudiesen enfrentar la travesía por mar. Rostros jóvenes, delgados por la economía justa y entusiastas frente a todo lo que les deparaba el porvenir. Ya habían comprobado personalmente, que pertenecer al taller de van Eyck les daba un prestigio en Brujas y alrededores, que los ponía orgullosos y más comprometidos con su aprendizaje. Pronto se reunieron alrededor del maestro mirándolo con ansiedad y en silencio, entre las ráfagas del viento marino y los chillidos de las gaviotas.

—Petrus, Dieric, Joos, Rogier, Bruno, Antonello..., escuchadme atentamente. Os he hecho venir en este viaje para que seáis mis asistentes en una crucial tarea que me ha encargado el duque Felipe, a quien debemos obediencia y fidelidad. He preferido que vinieseis todos conmigo, a fin de garantizar el resultado del trabajo encomendado. Debo, en primer lugar, informaros que nuestro destino final será la ciudad de Lisboa, en Portugal, y que en Inglaterra solo nos detendremos unos días, por cuestiones de Estado. No os pude decir la verdad acerca de nuestro viaje, ya que las cuestiones de gobierno deben ser tratadas con el mayor de los sigilos.

El viento inflaba las velas, provocando el movimiento de la gran nave, que crujía satisfecha al ondular sobre las olas. La costa de Flandes ya se perdía en el horizonte, mientras el sol se elevaba, mostrando la extraña reunión en la popa, donde seis hombres escuchaban en silencio a Jan van Eyck que les hablaba mirándolos a los ojos.

—Debemos acompañar a la comitiva que va en la nave que nos precede, quienes habrán de comenzar a consensuar los contratos de matrimonio entre nuestro bien amado duque Felipe y la princesa Isabel de Portugal. Nuestra tarea, estimados colaboradores, será pintar un retrato fiel de la infanta y hacérselo llegar al duque lo antes posible, mientras se continúan discutiendo los tratados. Deberéis trabajar como pintores, como ayudantes o como sirvientes. Lo que sea necesario. El éxito de esta comitiva depende de nosotros y, como siempre ocurre, no aceptaré ningún tipo de vacilación o cuestionamiento a mis órdenes. Ahora, pensad un momento y decidme claramente. Si alguno de vosotros no está dispuesto a llevar adelante esta importante tarea conmigo, me lo deberá comunicar de inmediato, ya que dejará la comitiva en las islas y no continuará el viaje con nosotros.

Al decir estas palabras Jan pensaba que si alguno de sus ayudantes decidía abandonar la expedición, debería mandarlo encarcelar o matar en Inglaterra, a fin de garantizar el silencio y la discreción. Luego continuó:

—Demás está deciros que no debéis hablar con nadie, en ninguna circunstancia, del objetivo de nuestro viaje. Especialmente os estaré observando a vosotros dos, Bruno y Antonello, ya que se trata de los intereses de un país extraño al vuestro, pero os solicité que vinieseis ya que necesitaré también de vuestros servicios por la excelente calidad de ellos.

En ese momento, Antonello solicitó la palabra:

—Maestro, hablo en principio por nosotros dos, pero creo que también por el resto de mis compañeros. Estamos a sus órdenes para cualquier cosa que necesite. Además, creo que es una excelente oportunidad para seguir aprendiendo y practicando nuestro arte. Le agradecemos la confianza que ha depositado en nosotros, a pesar de ser extranjeros, y solo esperamos no defraudarlo con nuestra tarea.

Luego, fue el turno de Petrus:

—Maestro, ya nos parecía extraño tanto preparativo, tantos materiales acondicionados para un largo viaje. Hacíamos conjeturas entre nosotros, pero ninguno imaginó tan importante encomienda. Solo siento agradecimiento por que me haya elegido para trabajar con usted y para ayudar a nuestro duque.

Sonriendo, todos asintieron mientras Jan los miraba uno a uno, con fijeza.

—Bien, entonces. A lo largo de los días, os iré explicando cómo desarrollaremos nuestra tarea y qué espero de cada uno de vosotros. Entretanto, aprovechad para tomar detalles y dibujar con los papeles y carbonillas que hemos traído, ¡que la mano y los ojos, si no se usan todos los días, se estropean!

Y dando media vuelta se alejó a propósito, a fin de dejarlos tranquilos y que pudiesen conversar entre ellos sobre la sorpresa y el honor de la misión encomendada.

En las islas británicas, Jan aprovechó los días de espera, mientras se ajustaban los contratos de matrimonio, para dibujar y tomar apuntes, acompañado por Diego y sus asistentes. La luz de las islas era muy diferente de la de su tierra y le divertían las extrañas facciones de los pescadores y las de las mozas del puerto. Bosquejó en cada lugar que pudo, custodiado por sus amigos, ya que no podía descuidar el entrenamiento diario de sus manos y de sus ojos, que pronto se verían exigidos al máximo con la princesa.

Dibujó y pintó en bares y posadas, en fondas y en los muelles del puerto, sobre las hojas de papel de dibujo que había llevado especialmente para entrenarse. Salía a caminar por las tardes en largas recorridas, hasta encontrar modelos para su tarea, siempre acompañado por algunos de sus aprendices, para así poder hablar de pintura y además estar más seguro frente a los ladrones.

Voluntariamente trataba de acelerar el proceso del boceto, de forma tal que los modelos no se aburriesen y, al mismo tiempo, el resultado fuese cada vez más preciso. Se interesó, sobre todo, en facciones femeninas y tanto con las meseras de las posadas, como con las mujeres del puerto, su arte le valió por más de una cerveza compartida, aunque solo regalaba esbozos a lápiz, con muy poco de color. Sus asistentes ya estaban más acostumbrados, pero Diego en particular sufría, al ver alejarse esas efímeras maravillas a carbonilla en manos que no fuesen las suyas, aunque nunca se animó a solicitar directamente que le regalasen algún bosquejo.

Jan sentía una confianza aún mayor a la habitual entre los expertos, en su capacidad como pintor y en su persuasión como artista, pero ¿sería suficiente para doblegar la resistencia de la princesa y a la quizá futura duquesa de Borgoña?

Luego de dejar las islas británicas, donde permanecieron casi un mes, se dirigieron hacia el sur, en busca de tierra firme en Galicia. Allí tomaron nota de la existencia de una inmensa catedral, que alojaba los restos del apóstol Santiago y que era motivo de peregrinación hacía ya unos trescientos años. Lamentablemente no se encontraba muy cerca de la costa y el capitán estaba deseoso de continuar viaje. Entonces, se prometió a sí mismo que si contaba con el tiempo suficiente, antes de volver a Brujas, iría a conocer la tumba del discípulo amado de Jesús.

Luego de un corto descanso, salieron bordeando Galicia y descendieron por un litoral de fuerte oleaje, cubierto de agresivos peñascos: la Costa de la Muerte. Por esta causa, los navíos se movieron con prudencia y a distancia suficiente para no llevarse sorpresas desagradables. Los pocos faros existentes tampoco eran de confiar, ya que había numerosas crónicas de fuegos falsos prendidos a fin de provocar naufragios y saquear los restos.

A los pocos días, por fin, se abrió frente a las naves el estuario del río Tajo y pudieron ver las numerosas naves en el puerto y las bellas construcciones de Lisboa, donde se destacaba claramente el castillo sobre el morro que dominaba la ciudad. Desde el barco, la ciudad les pareció más grande y moderna de lo que se habían imaginado. Del mismo modo, se dieron cuenta del poderío naval de aquel país, al ver la interminable fila de barcos amarrados en las orillas del río.

Finalmente, el 18 de diciembre de 1428, las dos naves atracaron en los muelles de Lisboa. Habían demorado dos meses para hacer una travesía que en forma directa hubiese sido de menos de la mitad de tiempo…, pero se había aprovechado bien el viaje para redactar y pulir acuerdos y cláusulas que debían figurar en el contrato de matrimonio, y Jan y sus hombres habían estrechado su relación y su forma de interpretar la naturaleza y en especial la figura femenina.

Los flamencos se recostaron en la borda mirando cómo se iniciaban las tareas de amarre de su embarcación, que dirigía Diego Di Lucca. Jan no pudo evitar pensar cómo quedaba él también ligado, por esas sogas, a aquella tierra por conocer. Ahora comenzaría realmente su misión.

Ese mismo día, en la residencia oficial de la embajada de Borgoña, una vieja casona amarilla y blanca en pleno centro de Lisboa, tres carruajes cargados de baúles y alforjas de cuero esperaban por el último de sus ocupantes, entre el relinchar de los caballos y los gritos de los cocheros y criados. El embajador apuraba a su familia a subir a los coches destinados a la rápida evacuación, mientras, agitado por el apuro y su abundante abdomen, caminaba hacia el primero de los carros. La versión que entretanto le entregaba a su agregado militar y hombre de confianza de Felipe era bastante diferente de la realidad.

—Mire, Manfred, nos tomaremos unos pocos días de vacaciones. Necesito descansar de tanto trajín. La semana próxima retomaremos normalmente nuestras tareas.

El oficial encargado de la guardia enfrentó al embajador con decisión y una suave sonrisa, al darse cuenta de que la actitud del funcionario confirmaba sus sospechas de traición al duque.

—Pero, doctor Lievin, me informan que la delegación de nuestro duque está arribando a Lisboa. Seguramente tomarán a mal su partida en este momento. Permítame que le sugiera permanecer en la ciudad para atender a tan ilustres visitantes.

—Apártese de mi camino, capitán, la decisión de mi viaje ya está tomada. Despreocúpese, solo iremos a mi villa a descansar unos días. Cuando la delegación del duque haya terminado de instalarse en Lisboa, ya estaremos de regreso.

Con esta última frase, el embajador y abogado Lievin se subió al carruaje que lo esperaba con la puerta abierta y partió entre las chispas de las herraduras de los caballos azotados por el cochero, seguido por los otros dos carros bamboleantes.

Al verlo alejarse, Manfred disfrutó de imaginar el momento en que la comitiva sería detenida en la frontera entre Portugal y Galicia, y sus ocupantes, encadenados hasta que llegasen las órdenes de Felipe de Borgoña.

El día anterior, al ver la celeridad con que se preparaban equipajes, en concordancia con la llegada a puerto de la comitiva flamenca, se había reunido con el jefe de la guardia de Lisboa y le había solicitado su colaboración, ante lo que presumía una huida, debida a la deslealtad hacia Borgoña y hacia Portugal. El militar portugués recibió con alegría la petición, ya que él mismo también controlaba a las distintas delegaciones extranjeras y, sobre todo, a las que parecían tener buenas relaciones con los enemigos de su país.

—Me alegra comprobar, estimado capitán, que mis sospechas de traición solo se reducen al embajador y no al resto de la delegación borgoñona permanente en Lisboa. Hace tiempo ya que nosotros también hemos hecho seguir al doctor Lievin y tengo relatos documentados de las mujeres que lo acompañaron en los bares y de los mesoneros que atendían su mesa, cuando compartía largas veladas de jarana con el embajador de Francia. Despreocúpese, que si intentan huir de Portugal, serán detenidos en la frontera y encarcelados allí mismo a la espera de mis órdenes. Por si eligiesen un camino secundario para escapar de los controles fronterizos, los he hecho seguir a la distancia por una discreta guardia, que los hará entrar en razón o, en caso contrario, deberá impedir por las armas que se fuguen. Será mejor que podamos interrogarlo lentamente, siempre, claro está, que su señor el duque nos brinde su autorización, para invitarlo a que nos relate sus felonías.

Riendo ante la mirada cómplice de don José, mientras le extendía la mano en señal de saludo y se levantaba de su silla en dirección a la salida, Manfred agregó:

—¡Después de todo, los traidores a Borgoña es posible que pronto sean también traidores a Portugal! Le agradezco su celeridad al actuar, que haré notar en mi informe semanal al duque.

—Es un placer, capitán Manfred. Cuando el exembajador sea traído a Lisboa envuelto en cadenas, lo invitaré a presenciar las interesantes conversaciones que mantendremos en los subsuelos del castillo.

—Adiós entonces, amigo. Espero tener pronto noticias suyas.

Y dando media vuelta se alejó con paso marcial, pero con una suave sonrisa de satisfacción, que no podía ocultar ni con la firmeza de su taconeo.

Capítulo VII

Llevaba más de una hora esperando en la sala de recepciones del castillo. Creía que el clima en Lisboa no iba a ser tan frío como el de Brujas, pero la humedad marítima lo perseguía, calándolo hasta los huesos. Precavidamente había decidido llevar ropas abrigadas para el viaje, lo que internamente agradecía en esa fría tarde.

Los uniformados cortesanos de la infanta de Portugal se veían prolijos y educados, al mismo tiempo que firmes y profesionales. La sala, sin adornos excesivos y poco iluminada por la luz de la tarde invernal, lucía limpia, sin olores desagradables, y más austera y desprovista de ornamentos de lo que se acostumbraba en Flandes. El protocolo, al igual que en su país, exigía esperar de pie y en silencio hasta la aparición de la princesa.

Sus ojos estaban entrenados para apreciar hasta los más mínimos detalles de todo lo que lo rodeaba y su cabeza a retenerlos hasta que los necesitara. Los años de aprendizaje y trabajo en la pintura de miniaturas, para iluminar libros trabajosamente copiados a mano, le habían dejado esa costumbre, que ahora utilizaba para incluir códigos secretos y señales ocultas en sus pinturas. En lo referente a sus tareas como embajador, las imágenes le quedaban grabadas de tal forma en su retina, que luego lograba precisar aún más sus largos informes al duque con solo cerrar los ojos y meditar en silencio.

Sus ayudantes esperaban firmes a su lado, en respetuoso silencio, cargando con los obsequios, con su capa y su sombrero. Se habían vestido con sus mejores ropas, luego de ventilarlas para intentar quitar el olor de los arcones de cuero del viaje. Jan lucía calzas azules de paño fino, una camisola con puños y cuellos blanquísimos y una pequeña chaqueta azul abotonada con un cinturón de cabra que hacía juego con los zapatos puntiagudos en color cuero natural. La capa, de zorro blanco de Rusia, le daba el toque final a sus ricas vestimentas, todas realizadas en telas transportadas a Brujas desde Venecia y Oriente.

Los portugueses llevaban colores más oscuros, muchos de ellos incluso vestían enteramente de negro y sin ningún tipo de adornos. El olor que flotaba en la sala le indicó a Jan que el baño en la corte de Lisboa no era tan habitual como en la corte flamenca.

Un rumor de voces y metales en aumento, del otro lado de la gran puerta, le anunció la llegada de la princesa. Los lacayos abrieron las dos hojas de pesada madera e Isabel entró decidida a la sala, seguida de sus damas de compañía, en medio de murmullos contenidos por ambos grupos: el portugués y el flamenco.

La princesa y las damas lucían discretos vestidos de sedas orientales, sobre camisolas blancas que apenas se dejaban ver por los cerrados escotes. Solo se diferenciaban entre ellas en los matices de los colores y en que solo Isabel cargaba unas pocas joyas. Una sutil cadena de oro, aretes de perla y un pequeño y simple anillo. La larga cabellera a la vista, símbolo de soltería, sostenida por una corona de dos pequeñas trenzas de su mismo cabello, y una casi invisible redecilla de hilos de oro, adornada con algunas diminutas perlas. Las damas de compañía, si bien carecían de joyas, llevaban sombreros, según la moda del momento.

Uno de los nobles de Lisboa, un hombre mayor, vestido de negro y con la cruz de Avis sobre su pecho, se colocó entre los dos y anunció con voz clara en portugués las presentaciones.

—La princesa Isabel, infanta de Portugal, hija de nuestro rey Juan I de la casa de Avis y de la reina Felipa de la casa de Lancaster, Inglaterra, reciben en esta honorable corte al enviado de Felipe III, duque de Borgoña, el embajador y maestro pintor, Jan van Eyck.

Jan se adelantó un par de pasos y realizó una profunda reverencia, fijando su vista en los pequeños pies de la princesa, calzados con zapatos blancos con adornos de oro. La rápida visión que tuvo de su rostro, antes de inclinarse, ya le había dicho todo de su imagen a unos ojos expertos como los suyos. Era una cara sin mucha gracia natural, de piel muy blanca, seguramente por la herencia inglesa. Ojos pequeños y boca un poco grande, para la proporción del resto de sus facciones. Sus reflexiones se vieron interrumpidas por la clara y firme voz de la princesa, en idioma portugués, parecido al que se hablaba en Flandes.

—Incorpórese, maestro. Aquí el protocolo es sencillo —dijo a pocos pasos de él.

Mientras se levantaba, Jan le contestó, en un lento portugués que había practicado durante el viaje, con un traductor embarcado a tal fin para que sirviese de enlace y de maestro de idioma.

—Os agradezco, señora, por recibirnos en vuestro palacio, como emisarios de nuestro señor el duque de Borgoña y conde de Flandes, Felipe, a quien el pueblo llama el Bueno.

Al hablar comprobó que no se había equivocado en su primera impresión: un rostro poco agraciado por sus proporciones, un aspecto general saludable y limpio... pero había algo más... Una mirada y postura corporal que mostraban aplomo e inteligencia, y unos modales correctísimos que traslucían educación estricta, contención y cultura. No pudo evitar pensar en ese dicho oriental que utilizaba uno de sus clientes. "Educas a un hombre y educas a una persona. Educas a una mujer y educas a una familia". Se preguntó para sus adentros si esa mujer podría educar a un pueblo.

Al observarla con más detenimiento, se le hizo evidente que el embajador había huido de Lisboa por mentir descaradamente en sus informes a Felipe acerca del aspecto y los modales de Isabel. Jan y el resto de la comitiva ya sabían que había sido detenido en la frontera con Galicia por las tropas portuguesas y que se hallaba cargado de cadenas, a la espera de las órdenes del duque. No pudo evitar pensar que pronto el abogado Lievin se encontraría de nuevo en Lisboa, pero en vez de acostado en su lecho de plumas, estaría sobre una rústica mesa de madera, con dos orificios para la salida de la sangre y los fluidos corporales. El duque de Borgoña era comprensivo y tolerante, de allí su apodo, pero también capaz de aplicar la ley sin hesitar, cuando la ocasión lo requería… y esta era una de ellas.

—¿De modo, maestro, que ha viajado tantas millas con la comitiva solo por el gusto de conocer Lisboa y nuestras sencillas costumbres? ¿Quizá le atraen nuestras comidas o el clima de este país? —le preguntó Isabel con un gesto divertido, dando a entender que no profesaba ningún temor o timidez frente a los extranjeros.

—Señora, sin duda que es un placer conocer vuestro país y sus gentes, pero principalmente he venido enviado por mi señor Felipe, el Bueno, a conocer a su merced y a entregaros, con la esperanza de que los aceptéis, unos humildes recuerdos de esta visita, fruto de nuestros orfebres y artesanos. Así, mientras el embajador y los consejeros de vuestro padre, el rey, discuten sus asuntos, os hemos traído algunos pequeños obsequios en este cofre tallado.

A un gesto de Jan con la cabeza, se adelantaron Joos y Antonello, con un cofre, que al abrirlo mostró delicadas joyas labradas en oro y exquisitos bordados de Flandes. Las damas de compañía, que miraban todo atentamente, apenas pudieron reprimir el impulso de abalanzarse sobre el pequeño baúl, ante la actitud fría e inmóvil de Isabel, quien apenas miró por encima, sin adelantarse a tocar nada de su contenido.

—Le agradezco este gentil gesto, pero dígame, señor, ¿entonces debo suponer que su misión en Portugal ya ha terminado al entregarme tan amablemente estos obsequios? —Y agregó mirándolo fijamente con un tono fingida sorpresa—: ¿Ha venido desde tan lejos solo para dejarnos este cofre con regalos? Si es así, le diré que me encuentro agradecida por las molestias que se ha tomado, solo por hacerme llegar estas muestras del arte y el saber de vuestros artesanos.

Jan sintió claramente cómo las gotas de sudor le caían una tras otra desde las axilas y los nervios le apretaban el estómago, como una mano grande y fría. Isabel rápidamente demostraba poder ver más allá e, imaginariamente, lo colocaba contra la pared, con un cuchillo en el pecho, frente a la mirada de todos los cortesanos y nobles portugueses, que esperaban en un silencio de muerte la respuesta del enviado.

—Mi señora, debéis saber que soy hombre de confianza del duque Felipe, pero además soy el principal pintor de la corte. En nuestro país se acostumbra no solo a pintar motivos religiosos en paredes de iglesias y catedrales o en trípticos de madera, sino también a pintar, en pequeñas tablas, a los miembros de la corte y de la nobleza, que así lo desean.

Al llegar a ese punto Isabel lo interrumpió:

—Una costumbre interesante, la de su país, aunque debo decir, maestro van Eyck, que mi primera impresión es que la encuentro poco piadosa. Sin duda alguna, Dios ha creado el arte y los hombres que poseen el don de la pintura deberían agradecerle a Él, realizando obras de su agrado y que nos enseñen y recuerden las Sagradas Escrituras. Así nos lo han explicado nuestros obispos al encargar obras para nuestras iglesias y catedrales. ¿O quizá considera acaso que los miembros de la Iglesia se equivocan?

Jan escuchó las palabras de Isabel y luego intentó responder intentando no mirar al confesor que vestido con un oscuro habito monje y una cruz de madera, a la diestra de la princesa, lo interrogaba con la mirada:

—Por supuesto que no descuidamos los motivos religiosos, mi señora, es solo para documentar la vida de la familia real y la de los nobles que pintamos retratos, a fin de que el pueblo luego pueda conocerlos a través de ellos. Yo mismo he pintado numerosos cuadros e imágenes religiosas de todo tipo para obispos y cancilleres. Espero que algún día me deis la ocasión y pueda mostraros personalmente por qué tengo tantos encargos de las principales iglesias de mi país.

Isabel lo miró con una rara expresión, como si no terminase de entender las palabras del flamenco.

—De todos modos, estimado maestro, no veo la relación entre su novedoso pasatiempo, de la pintura en Borgoña y Flandes, y nuestro país..., ¿desea pintar algún motivo religioso en Lisboa acaso? En ese caso, deberíamos hablar con el obispo, a fin de preguntarle si posee algún sitio destacado, para que podamos gozar de su arte. Y luego agregó mirando a su confesor-, seguramente alguna de nuestras iglesias o capillas se verían engalanadas con una obra del estilo de su país.

Jan pensó cuidadosamente sus palabras antes de contestar. Se hallaba a dos mil millas de su tierra, rodeado por los cortesanos y guardias armados del rey y en presencia de la infanta Isabel. Un pequeño error en la forma de expresar su discurso podía costarle la cabeza a todo el grupo o, con un poco de suerte, solo la tortura o quizá la humillación de ser expulsados del palacio de mala manera. Maldijo para sus adentros la hora en que se había dejado convencer por el duque Felipe sobre aquella misión. La princesa ya lo tenía acorralado con sus preguntas y no podía seguir dando rodeos. Durante esa pausa, mientras elegía uno a uno los términos y a pesar del numeroso grupo que se encontraba dentro de la sala, el silencio era tal que se hubiese podido escuchar perfectamente el vuelo de una mosca. Tantos meses de pensar e imaginar aquel momento, practicando su discurso en voz alta y sin embargo los nervios lo invadían de todas maneras. Aclarándose la garganta y bañado en sudor, intentó sonar seguro y natural:

—Mi señora, motiva también mi viaje suplicaros que tengáis la bondad de considerar el permitirme realizar un pequeño retrato vuestro, a fin de que pueda enviárselo a Brujas a mi señor. Os garantizo personalmente que será hecho con gran calidad y con los mejores materiales que existen...

Un fuerte murmullo que interrumpió las palabras de Jan se escuchó crecer en la sala. El asistente principal de la princesa, un hombre de pelo canoso y lujosamente vestido, se acercó al maestro, indignado, con la mano en la empuñadura de la espada y diciendo en voz alta en portugués:

—¿Cómo se atreve a decir tal cosa? ¡Esto que solicita es un ultraje a la princesa y a todo el reino!

Las damas de compañía se miraron incrédulas entre ellas y rápidamente se fue elevando el tono de las voces, sobre todo en el fondo de la sala, donde otros repetían las palabras de Jan, que no habían sido oídas directamente, distorsionándolas en medio de la confusión y el ruido creciente. Los soldados dispuestos en el recinto se movieron inquietos, buscando con la mirada al jefe de la guardia personal, que permanecía atento para ejecutar cualquier orden que le diera Isabel.

El séquito flamenco asistía a la reacción de los portugueses con los labios apretados y los ceños fruncidos. Era un momento crucial. Si se generaba un poco más de desagrado, terminarían en las mazmorras del palacio, cubiertos de cadenas.

Luego de unos instantes, que a los flamencos les parecieron meses, Isabel levantó una mano, lo que produjo en el acto un silencio absoluto en todo el salón.

Jan y la princesa se miraron fijamente un momento, hasta que él, humildemente, bajó sus ojos grises y volvió a mirar los pequeños zapatos de la infanta, mientras se inclinaba poco a poco a sus pies, dominado por completo por esa blanca y pequeña mano elevada.

Ella también habló lentamente, sopesando sus palabras, mientras contemplaba su figura arrodillada.

—¿De modo, maestro, que el verdadero motivo de su misión es pintarme en ese estilo nuevo..., que ustedes llaman retrato, a fin de que su señor pueda juzgarme a través del producto de sus manos? ¿O es que he entendido mal sus palabras?

Todos los ojos miraban la espalda y los hombros del maestro pintor, esperando la respuesta a la pregunta de la princesa.

Jan rápidamente decidió resolver él mismo por su señor. La verdad era que esa mujer emanaba una fuerza que ejercía una seducción inmediata, con sus modales en perfecto equilibrio, entre la delicadeza y la convicción. Iría más allá, dando por sentado, como un hecho concreto, la decisión de Felipe de casarse con ella. Ya hallaría la manera de convencerlo mediante sus informes despachados a Brujas. El resto lo lograría su magia con los pinceles. Tosiendo un poco, dijo con suave voz:

—Permitidme que os diga que no es exactamente así, mi señora. El duque Felipe ha escuchado tanto y tan bueno de vuestra alteza, tantas historias de vuestra nobleza y virtud a través de vuestro embajador y sus consejeros en nuestra corte, que solo desea que yo obtenga un recuerdo de vuestro rostro, para conservarlo entre sus bienes más preciados y poder solazar su mirada en él, hasta que por fin llegue el soñado día de vuestro encuentro en persona. Infelizmente, sus tareas de gobierno al frente del ducado le han impedido venir y por esto me ha solicitado la tarea de confeccionar un retrato, que acorte la soledad en que pasa sus días. Es por ese motivo y por ningún otro que me ha solicitado esta misión en Portugal. Yo os puedo asegurar, mi señora, que si tuvieseis la gentileza de permitirme pintar vuestro retrato, este sería de vuestro agrado y del de mi señor Felipe.

A continuación, se produjo otro largo silencio en todo el grupo, hasta que Isabel tomó de nuevo la palabra.

—Solo podemos preguntarle a mi padre, el rey, si aprueba este raro capricho de su señor. Deseo pensar que en virtud de tratarse de costumbres de otro país, debemos contener nuestro primer enojo y natural sorpresa. De todos modos, en caso de que se le autorice a realizar esta tarea, deberán cumplirse con una serie de condiciones y por supuesto que la pintura final tendrá que contar con mi aprobación para poder ser enviada a su corte.

Un murmullo de desagrado recorrió el grupo de nobles portugueses, al que Isabel debió callar levantando nuevamente su mano, en una orden tan clara como cualquier grito de un capitán en combate.

—Creo que es todo por hoy, maestro pintor... ¿O debo decir embajador de Borgoña y Flandes?

Su tono de voz dejó en claro que la decisión no la iba a tomar el rey, sino ella en persona, si la respuesta a sus condiciones era vista con su agrado.

Sin esperar contestación alguna, giró en redondo y se fue de la sala con paso veloz, seguida por todo su séquito y los lacayos que llevaban el cofre, entre una nube de murmullos y el sonido de las armas que cargaban los soldados. El ruido de pasos y voces que se alejaban no permitió oír el suspiro de Jan, que seguía mirando el suelo, con una levísima sonrisa en sus finos labios y el cuerpo empapado en sudor.

Capítulo VIII

El último tramo del pasillo del palacio hacia su dormitorio lo recorrió tan rápidamente que sus damas de compañía y las doncellas de cámara debieron casi trotar para alcanzarla. Entró en sus habitaciones, custodiadas en el exterior por dos miembros de su guardia personal, y levantó los brazos sin hablar, en señal de que podían empezar a desvestirla, mientras se cerraban tras del grupo las pesadas puertas de roble.

La habitación permanecía pobremente iluminada por un candelabro y por la escasa luz del día que entraba por la ventana. Un pequeño fuego en el hogar mantenía tibio el dormitorio de la princesa. Los muebles eran austeros, aunque realizados con maderas nobles. Apenas al entrar del pasillo se encontraba un recibidor íntimo para diez o doce personas, dotado de unas sillas y un escritorio, donde Isabel podía conversar con sus damas de confianza y leer o escribir cartas, algo inusual para una mujer de la época. Desde la muerte de la reina Felipa, la infanta muchas veces tomaba a su cargo la redacción de cartas de respuesta a la numerosa correspondencia que llegaba a su padre, el rey. Su madre la había educado en el amor a las letras y tal como ella y su abuela lo hicieran antes, en el mecenazgo a los artistas, especialmente poetas, alfareros y músicos que demostraban condiciones destacadas.

Luego, bajo la ventana, un sofá con una mesita tallada, para poder sentarse a bordar y leer más cómodamente, todo dispuesto sobre una alfombra oriental. A continuación, detrás de unas pesadas cortinas, la generosa habitación donde la princesa dormía. En el centro, una amplia cama con dosel, rodeada por arcones y muebles para ropas y vestidos, junto con varias sillas donde se sentaban sus damas de más confianza. Junto a la pared, un gran espejo y una mesita con elementos de tocador, peines, hebillas, perfumes, maquillajes, redes para el pelo y todo lo que sus asistentes usaban para prepararla para los eventos casi cotidianos de su vida oficial como infanta de Portugal.

En un costado de la habitación, se encontraba una bañera de cobre traída especialmente de Inglaterra, que la princesa usaba tres veces por semana. El baño frecuente era mal visto por los numerosos religiosos que rodeaban a la corte, ya que los edictos de la Iglesia católica habían prohibido la higiene personal, por considerarla pecaminosa y símbolo de vanidad. Además, los obispos alertaban a los fieles sobre el debilitamiento y las consecuentes enfermedades que acarreaba el baño diario, por lo que aconsejaban su uso solo una o dos veces al año.

La princesa, sin embargo, había solicitado permisos especiales para poder gozar de los privilegios del aseo, costumbre que su madre le había enseñado desde pequeña. Merced a su rango, había logrado poder bañarse con cierta libertad, aunque siempre en penumbra y acompañada de dos doncellas de cámara. Su costumbre de estar higienizada y con ropa limpia la extendía a sus damas de compañía y doncellas, obligándolas a mantenerse libres por completo de olores y piojos. Estos hábitos se tomaban como una rareza de la princesa y un capricho extraño, lindante con lo pecaminoso, pero ya se sabía que en las cercanías de ella no se podía oler... como Dios mandaba.

Numerosos candelabros de pie para iluminar el cuarto y una mesa con una jarra para el agua completaban el sencillo mobiliario de las habitaciones de Isabel.

Las doncellas de cámara la rodearon rápidamente y se podía escuchar el correr de hilos y el desprender de broches y botones, mientras media docena de manos trabajaban sobre ella y le iban pasando las prendas a otras tantas que esperaban al lado. En unos pocos minutos, quedó vestida solo con una camisola sobre su ropa interior y con los aros de perla que nunca se quitaba.

Ninguna de las mujeres se atrevió a realizar comentarios sobre el encuentro con el enviado de Felipe III de Flandes, e Isabel no dijo nada tampoco, por lo que solo se oían instrucciones de las damas más experimentadas a las doncellas sobre cómo doblar el vestido, la fina capa y la camisola. También sobre la manera en que se debían guardar la redecilla y la cadena de oro y cómo pasar finos pinceles por la piel para sacar los polvos del maquillaje. Apenas le hubieron quitado los zapatos y las medias, les pidió que la dejaran sola, pues quería descansar un rato.

Esperó de pie hasta que hubo salido la última, entre suaves protestas y pedidos para que permitiese compañía en la habitación contigua, pero nuevamente Isabel les ordenó que saliesen todas de sus habitaciones. Una clara muestra del carácter de la princesa era su evidente fastidio al tener que dar una misma orden dos veces.

Al quedar a solas, se extendió de espaldas sobre la robusta cama cubierta de pieles y mirando el tapiz del techo del dosel lanzó un sonoro suspiro, que arrojó al aire un universo de sentimientos… Tenía mucho para pensar e importantes decisiones que tomar.

Hacía tiempo ya, sabía de las intenciones de matrimonio de Felipe III…, pero nunca se hubiese podido imaginar el pedido, casi insultante, de tener que dejarse pintar un retrato. ¿Podría darles crédito a las palabras lisonjeras del embajador sobre un interés amoroso del duque, cuando sabía bien que era una relación que había nacido de necesidades de las cortes y negociaciones de enviados y consejeros? Sin duda que no.

Ambos tenían casi la misma edad, pero él ya había enviudado dos veces de esposas francesas, aunque..., cosa extraña, sin tener hijos. Si ella pudiera darle descendencia, serían sus propios hijos los herederos del gran ducado.

Por otro lado, su padre, el rey, le había comentado de las buenas relaciones de Felipe con la corona inglesa, tierra de su madre y aliada de Portugal. Era evidente que el rey veía con buenos ojos esta alianza y que deseaba que el matrimonio se concretase.

También sentía dentro de sí que los años pasaban y comenzaba a hacerse vieja para engendrar hijos. Todas sus conocidas ya eran madres hacía varios años, la mayoría de ellas a partir de la edad de quince o dieciséis. ¿Podría ella todavía tener los propios? La sensación de que esta era su última oportunidad de ser madre le rondaba en la cabeza y en el corazón.

¿Cómo sería Felipe? Era un buen comienzo que le apodaran "el Bueno", ¿pero carecería de carácter? ¿O viviría una eterna melancolía por la muerte de sus esposas? ¿Cómo sería la rica y poderosa corte de Borgoña y Flandes? Tenían fama de poco protocolares, pero también eran conocidos por ser cultos y abiertos a los cambios, además de tomar la religión no tan estrictamente como en Portugal y con gran libertad de pensamiento y protección a sabios y artistas.

Por otro lado, eran regiones ricas por la producción y el comercio. Se decía que Brujas era la ciudad más grande de Europa y la de mayor vida social, más aún todavía que la soñada Venecia... Tendría que renovar todos sus vestuarios para poder ir a la moda de ese país..., seguramente pediría que damas de Brujas viajasen primero a Lisboa a organizar su guardarropa.

En ese momento, los golpes en la puerta y escuchar que esta se abría le anunciaron la entrada de su noble amiga inglesa Juana de Lincoln, hija, a su vez, de una amiga de su fallecida madre Felipa.

Isabel se incorporó con agilidad, se dirigió a su encuentro y la saludó con afecto. Su amiga de la infancia, elegantemente vestida y con el rostro casi oculto tras un sombrero con tules, despidió con un gesto a su dama de compañía, que debió esperar afuera de la habitación.

—¡Juana, qué alegría!, ¡tenemos tanto de qué conversar! —le dijo apenas quedaron a solas tomándola de la mano, mientras la amiga y confidente se despojaba del sombrero y de su ligero abrigo.

—Isabel, ya me han contado todo lo sucedido. Vengo solo a decirte que tu padre, el rey, desea que este matrimonio se realice. Debes dejar de lado los recelos y continuar las negociaciones con el consejero, que también es pintor de la corte.

La dama y la princesa se sentaron en el borde de la cama y meditaron por un momento en silencio. Finalmente, entre suspiros, Isabel dejó salir sus pensamientos y dudas.

—Sí..., pensaba en ello. Pero hay muchos términos en los que ponernos de acuerdo. Además, la idea de irme de Lisboa para siempre y no verte más ni tampoco a mis hermanos me entristece y me quita ánimos.

—Isabel, recordarás que tu madre tuvo que dejar Inglaterra en su momento y venir a este país, que en ese entonces le era extraño. Pero aquí logró empezar una nueva vida y cumplir holgadamente con lo que de ella se esperaba. Además, creo que eres afortunada, dicen que el duque es un buen hombre y muy limpio y educado. Este, amiga mía, es el peso de la corona. No dispones de tu vida y menos aún de tu corazón. Ya verás cómo, con el tiempo, podrás tener algunas satisfacciones personales, además de ayudar al reino de tu padre y al de quien será tu marido. También, como ya sabes, podrás llevarte contigo algunas damas de compañía y a todos los sirvientes que desees. Asimismo, creo que será prudente que además traslades a los soldados de tu guardia personal y al capitán que los comanda —dijo y agregó—: Querida amiga, sabemos que el duque es católico y que defiende la fe. Me han dicho que prepara la fundación de una orden para preservar y expandir la fe cristiana, El Toisón de Oro. Estará destinada fundamentalmente a perseguir a los musulmanes y lograr la recuperación, para la fe cristiana, de los Santos Lugares. Como verás, la Iglesia también bendecirá esta unión.

Isabel permaneció en silencio, con la mirada fija en los dibujos de la alfombra de su habitación. Su amiga, tratando de animarla, continuó con su conversación:

—Me han dicho que solicitan de Flandes un retrato tuyo pintado por el maestro van Eyck, ¿es cierto? Sé que han averiguado, mediante emisarios, que las pinturas de este maestro son muy famosas y que goza de mucho prestigio por la habilidad de sus manos. Seguramente, pintar un retrato de la novia forma parte de las costumbres de esa tierra y tenemos motivos para suponer que este hombre podrá hacer un buen trabajo. Además, eso te convendría, pues se podría aprovechar el tiempo que demore la pintura para que nuestros embajadores vayan entretanto discutiendo, con los enviados de Borgoña, los términos del acuerdo de matrimonio y de la herencia de los descendientes...

—Pero, Juana, ¡es muy pronto para estar pensando en hijos cuando aún los acuerdos no están firmados! —protestó Isabel.

—Nada de eso... ¡es ahora cuando debemos discutirlo con sus enviados! Tendrás que darle hijos a Felipe..., esperemos que no sean estériles ninguno de vosotros dos. —Juana meditó unos instantes antes de seguir hablando—. Es extraño…, estuvo casado dos veces y no tuvo hijos…, ya sabremos por qué. Quizá sea una señal de Dios que las dos esposas anteriores fuesen francesas y que no tuviese descendencia con ellas, lo que impedirá que el rey de Francia pueda anexar Flandes y Borgoña. Y si no fue una señal de Dios, pronto nos enteraremos cuando los enviados de la corte estén unos días recorriendo Brujas… —Y luego agregó entre risas—: Te interesará saber que allí también es costumbre tomar baños calientes y dicen que la gente es limpia y con las ropas bien arregladas… De esta manera podrás continuar con tus costumbres de higiene, ya que son bien vistas allí. Ten confianza, todo saldrá bien y yo viajaré contigo a acompañarte a la boda, a ver personalmente en dónde vives y cómo te sirven y me quedaré una temporada contigo, ¡que yo también siento curiosidad de conocer la famosa corte flamenca!

Se tomaron de las manos un momento, mientras Isabel asintiendo dejaba caer alguna silenciosa lágrima. Se acababa de definir el futuro de su vida e, indirectamente, el de cientos de cortesanos y el de miles de vasallos y soldados, que se verían influenciados, para bien o para mal, por ese futuro matrimonio.

—De acuerdo, Juana, respetaré la voluntad del rey, que es la del reino y la que parece ser la de Inglaterra, mi segunda patria. Solo espero no estarme condenando a una vida infeliz…

—¡Amiga mía, con tu fortaleza de carácter, es probable que termines haciendo tu voluntad en todo lo que te propongas! Corren épocas difíciles y todo el tiempo hay augurios de guerras y discusiones entre embajadores y enviados. Las cortes se hallan en conflictos permanentes y es muy posible que Felipe deba apoyarse en tu criterio y consejos, tal como hizo tu padre con tu madre, mientras tuvo la suerte de tenerla a su lado. Eres una mujer de gran fortaleza anímica y en poco tiempo seguramente serás una buena colaboradora del duque, frente a todas las decisiones que deben tomarse a diario. Asimismo, veo como un buen augurio que tu futuro consorte lleve el mismo nombre que tu madre ¡y, además, que el pueblo lo llame "el Bueno"! —dijo casi riendo Juana de Lincoln.

Luego se incorporaron, todavía tomadas de la mano, dando por terminado el corto diálogo. De inmediato, Isabel se arrodilló a sus pies y piadosamente le pidió que le diera su bendición, a fin de que la protegiese en aquella decisión. Mientras recibía la bendición fraternal de su amiga, pensaba para sus adentros que tenía mucho que conversar con el maestro Jan van Eyck.

Capítulo IX

Jan y sus ayudantes salieron por el portón principal del palacio del rey, que en ese momento se encontraba dentro del castillo de San Jorge, reliquia de las guerras de reconquista a los árabes, cruzando el puente sobre el foso. La magnífica vista del atardecer desde la colina les permitía disfrutar de toda la ciudad, la desembocadura del río Tajo y a lo lejos la costa del Atlántico.

La ciudad antigua envolvía la colina del castillo, que estaba rodeada de distintas murallas de defensa, desde tiempos inmemoriales. Las últimas y mejores habían sido construidas por los árabes, aunque algunas se hallaban ya en desuso, pues la ciudad había crecido mucho más allá de ellas. Fuera ya de los muros, se podían distinguir el puerto nuevo y los trabajos de modernización en caminos y en defensas de la costa que Juan I había comenzado en la ciudad. De esta forma, los intrincados barrios antiguos, casi un laberinto lleno de pendientes imposibles de comprender para los extranjeros, se unían cerca de la costa con las calles rectas y modernas de la ciudad que se desarrollaba.

El fértil campo que rodeaba Lisboa producía todo lo que la ciudad precisaba en productos frescos. Verduras, frutas y hortalizas en abundancia. Exquisitos vinos, fruto de las descendientes de las vides plantadas por los romanos, y ganado gordo, que pastaba en las colinas y valles, y brindaba carne, leche y quesos. Las frecuentes ferias en plazas y mercados abastecían de todos los productos locales y agregaban además lo que los viajes marítimos de comercio, cada vez más frecuentes y cuantiosos, traían al puerto.

La comitiva flamenca se había aclimatado rápidamente gracias a la hospitalidad y buen humor de los portugueses, sumados a la buena mesa y la excelente bebida. Desde su llegada eran frecuentes las salidas y recorridas de la ciudad y alrededores, aunque se les recomendaba que nunca fueran solos ni desarmados, por lógica precaución.

A pesar de la cercanía de la noche fría, Jan sentía una energía que le hacía olvidar la humedad y el viento del mar. Caminaron colina abajo, tratando de no perderse por las intrincadas calles empedradas de Lisboa, hasta alcanzar la costa, y allí se detuvieron a disfrutar del ruido de las olas. En el lugar donde la plaza principal llegaba hasta la ribera del río, se había comenzado con un empedrado nuevo que permitía pasear sin embarrarse y disfrutar del aire fresco que venía del océano. Allí, las gaviotas volaban sobre los palos de los barcos amarrados y los grupos de marineros extranjeros conversaban entre ellos, al tiempo que ofrecían a los paseantes productos llegados de lejanos países que hubiesen sobrado de las compras contratadas. Entre los amarraderos, también caminaban algunas mujeres que brindaban sus saberes a los marineros y a los circunstanciales paseantes.

La ciudad se veía limpia y ordenada. Al igual que el motor económico de Flandes, los portugueses también habían iniciado la conquista de los mares, liderados por Enrique, el hermano mayor de Isabel. A causa de la fiebre de descubrimientos y la ansiedad de hacer riqueza, se enviaban numerosos barcos portugueses hacia el África, en busca de mercancías para comprar y nuevos mercados para vender los productos de esa tierra.

Muchas tiendas y bares, bien concurridos por parroquianos y músicos, daban alegría y vida a esas angostas y empinadas calles. Se cocinaba en parrillas al aire libre y se comía en mesas improvisadas con unos tablones de madera o en el interior de los locales. Se asaban sardinas y cortes de carne de cerdo, cuyo maravilloso aroma invadía las veredas. Sobre las tablas, unos cuencos de barro rojo eran rellenados una y otra vez por los mesoneros con el fresco vino blanco de la región. En platos tallados en madera se colocaba el pan, el queso, los embutidos de carne y las aceitunas bañadas en aceite de oliva, todo a modo de entrada antes del plato principal.

Por las noches, las mujeres y los hombres cantaban acompañados por oudes construidos en madera y con cuerdas de tripas de animales. Se mezclaban canciones tristes y nostálgicas con ritmos alegres que incorporaban sonoros derbakes africanos, que con su sonido invitaban a danzar y que al oírlos empezar sus vigorosos ritmos, el público de las tabernas festejaba brindando y bebiendo.

Las frecuentes patrullas del rey, compuestas por cuatro soldados armados, que cruzaban en el camino daban una sensación de seguridad, aun cuando ya caía la oscuridad sobre Lisboa.

Al pasear en grupos, sus ricas ropas y su aspecto de extranjeros llamaban la atención de los circunstanciales vecinos, que se apartaban a su paso en señal de sumisión. Además de su talante, las espadas que colgaban de la cintura de los caballeros flamencos ya infundían respeto por sí solas.

Les pareció ver figuras que los seguían a una prudente distancia, tratando de no ser vistas. Quizás el rey había previsto una discreta custodia, a fin de asegurarse de que ningún contratiempo alterase la misión de los enviados de Felipe III... Eso podía significar que el rey apoyaba más de lo que expresaba públicamente el matrimonio de Isabel, aunque lo disimulase a fin de conseguir mejores términos para el contrato que se estaba cerrando.

¡Qué lejos estaba su patria...! ¡Qué distante su amada Brujas...! Al pensar en la reunión que hacía solo un rato había terminado, tuvo la sensación de que la princesa había mordido el anzuelo. Quizá fuera solo la curiosidad femenina o tal vez una estrategia de mostrar falsa sumisión a los enviados de su futuro marido. En fin, por lo que fuese... sentía que la posibilidad de pintar el retrato más importante de su vida estaba al alcance de la mano.

La firmeza de carácter de Isabel le hacía pensar que la decisión sobre la ejecución o no del retrato la tomaría ella sin consultar a nadie. Ni siquiera al rey, Juan I el Memorioso, un monarca firme, pero bondadoso y con una gran debilidad por los caprichos de su hija, que se había acentuado luego de la muerte de la reina Felipa.

Mientras caminaba por las calles de la ciudad, en su mente de pintor ya empezaba a imaginar cómo podría realizar el retrato. Lo ideal sería que hubiera la menor cantidad de personas presentes, aunque obviamente el protocolo nunca permitiría que estuviese a solas con la princesa. ¿Tomaría bocetos a carbón antes de pintar? ¿Sería con ella de pie, en actitud firme y de un cierto desafío? ¿O con ella sentada, mostrando calma y paz interior? ¿Qué desafíos le plantearía la infanta? ¿Qué escena para el retrato se imaginaba ella o le aconsejarían sus asesores políticos y religiosos? ¿Isabel seguiría sus consejos en cuanto a los colores del vestido y el ángulo de la luz? Quizá pudiera pintar un retablo con distintas escenas descriptivas de la vida cotidiana de la princesa. Habría, sin duda alguna, símbolos religiosos. ¿Un Cristo entre sus manos? ¿O tal vez demostrativos de su alcurnia y su fe, como la gran cruz de la dinastía de Avis, que se había iniciado con su padre? ¿Y con qué luz la retrataría? ¿Natural o auxiliada por candelabros y espejos? ¿La haría colocarse de frente, de costado o con esa nueva técnica de medio perfil que él quería imponer en los retratos? ¿Y con qué ropas y con qué joyas y con qué mirada para su futuro esposo?

Un grave problema se agregaba a todas sus preocupaciones. La pintaría con los nuevos óleos que había desarrollado, eso sin duda, pero ¿sobre qué tipo de maderas lo haría? Las tablas de haya de Flandes, cuidadosamente preparadas, no habían soportado el viaje ni los cambios de clima y se habían ajado y partido. ¿Y si elegía maderas portuguesas y el entablonado se partía en el viaje de retorno a Brujas? Imaginaba su vergüenza y el rostro de Felipe ante su fracaso como pintor y se estremeció de solo pensarlo. Debía solucionar en forma urgente cómo conseguir una superficie perfecta, para poder pintar sobre ella un retrato perfecto.

Todas estas dudas lo atormentaron un rato, hasta que los caballeros acompañantes y sus aprendices le hicieron notar el frío de la noche que ya los envolvía.

—Maestro, está oscureciendo ya. Quizá sería mejor que emprendiésemos el retorno a la posada —le propuso Petrus con delicadeza.

Suspirando, Jan se alejó de la costa pensando en voz alta.

—¡Ya sabré qué hacer cuando tenga a la princesa delante de mí! Lo seguro es que debemos ponernos de acuerdo en muchas cosas… ¡y no importa cuántas jornadas me lleve, sé que lograré pintar su alma!

Sus acompañantes sonrieron ante la exclamación y dando media vuelta se alejaron todos en dirección a la posada, a fin de comer una buena porción de ese pescado tan sabroso que cocinaba la posadera Margarida y beber generosas raciones de ese estupendo vino blanco, que llegaba del norte, de la región de Oporto, en la desembocadura del río Duero.

La historia de Margarida era digna de ser contada y la hostelera, que tenía una cierta debilidad por el arte, acostumbraba detenerse a conversar y relatarla a los extranjeros. Su familia era de tradición de posaderos, originaria del Imperio polaco-lituano. Para escapar de las guerras permanentes, que asediaban su comercio, los padres habían decidido alejarse y renovar su fe católica. Así invirtieron todos sus ahorros en una peregrinación hasta Santiago de Compostela. Primero, fue el viaje hasta la costa del mar del Norte; luego, embarcarse en un navío mercante que accedió a llevarlos hasta Cantabria, en la península ibérica. Al fin de transcurridos unos meses y también varias desventuras, en que perdieron sus pocos bienes y casi la vida, lograron llegar todos caminando hasta la Catedral de Santiago.

Hambrientos y mojados por la habitual llovizna de Galicia, entraron a Santiago por la Puerta del Camino y bordearon la catedral hasta la plaza del obrador. Corría el año 1395 y la imponente catedral, rodeada de construcciones bajas, destacaba aún más. Malgorzata, como la llamaban cariñosamente a Margarida, con solo ocho años de edad, recibió una impresión tan poderosa que aún hoy recordaba sus sentimientos de ese día y cómo había pedido de rodillas, en el interior del templo entre nubes de humo de incienso, ayuda de Dios para sus padres y hermanos.

Para los reyes y nobles era fatigoso llegar y por supuesto también regresar a sus lugares de origen. Para ellos, que habían perdido todo, era casi imposible el retorno. Allí, en Santiago de Compostela, Malgorzata y sus padres y hermanos vivieron unos meses de cualquier trabajo que surgiese, hasta que alguien les comentó sobre el bienestar del que se gozaba en el reino de Portugal desde que había tomado las riendas el nuevo rey, Juan I de Avis.

Al encontrarse cerca, en comparación con volver a su tierra y cada vez más aclimatados al sol y a las costumbres de la región, decidieron ir hacia el sur, hasta llegar a la capital del reino de Portugal. Una vez en Lisboa, buscaron una casa que sirviese a sus fines y luego de mucho andar, consiguieron una propiedad casi abandonada, donde inaugurar una posada y servicio de comidas. Años de esfuerzos les permitieron crecer y ampliar el negocio hasta que, luego de la muerte de sus padres, la posada de Margarida se hizo famosa en toda Lisboa. Su dueña era una experta cocinera y acostumbraba acoger a músicos que cantaban por las noches en su restaurante y a pintores que vestían las paredes de su negocio.

Al enterarse la propietaria de la fama de Jan y sus acompañantes, de inmediato los hizo tratar con gran deferencia y consentimiento, y puso especial esmero en la limpieza de sus habitaciones y en lo abundante de sus suculentas comidas. Cada noche, luego de cenar, los caballeros conversaban largamente en el comedor de la posada, hasta que el sueño y el cansancio los vencía. Enfrentarían largos días de incertidumbre y ocio, hasta que la corte portuguesa tomase una decisión sobre el retrato.

Capítulo X

Los días se arrastraban lentos en Lisboa. Mientras tanto, la comitiva de Flandes fue conociendo cada vez más detalles de la hermosa ciudad. Como habían acordado, salían en grupos de al menos tres personas y siempre avisaban previamente el recorrido. La guardia del rey continuaba haciéndolos seguir disimuladamente por soldados vestidos de civil en los paseos por la costa y además montaban guardia en la puerta de los bares y posadas del puerto donde a veces iban en busca de vino y mujeres. Cada vez que un caballero flamenco pasaba un rato con alguna de ellas..., esta regresaba a cobrar una propina por contarle lo que el forastero le había dicho a algún enviado de la corte portuguesa, que anotaba todo en un pequeño cuaderno. Eso provocaba que las mujeres los buscaran todo el tiempo, con el atractivo evidente de poder cobrar el doble por sus servicios.

Igualmente los posaderos les hacían preguntas con aparente desinterés, confiando en que el vino de Oporto hiciese el trabajo de soltarles la lengua más allá de toda precaución, por lo que la comitiva dedujo que también llevaban información a los agentes del rey.

Por su parte, los extranjeros se iban aclimatando y conociendo cada vez más las costumbres portuguesas y las de la nueva dinastía de Avis. Juntaban toda la información que podían recoger en sus salidas y conversaciones y luego se reunían a la luz de un candelabro mientras el copista, enviado a tal fin por Felipe, escribía con un complicadísimo sistema de indescifrables signos, un pormenorizado relato de lo que veían y oían. Todas las semanas enviaban un informe en clave a Flandes, en un sobre lacrado, de modo tal que el duque se mantenía al día de las noticias de Lisboa. Los barcos militares portugueses protegían todos los envíos de los caballeros flamencos que partían del puerto, hasta que se encontraban a la vista de las costas inglesas, a fin de que la correspondencia llegara a destino sin contratiempos, para mostrar de esa forma al duque el dominio que poseían sobre los mares.

Una tarde en que los artistas se hallaban haciendo tiempo en la posada, el capitán Manfred envió un emisario para que Jan se encontrase con él en el edificio de la embajada, que ante la huida del doctor Lievin, habían ocupado los miembros de la delegación destinados a la discusión de las fórmulas legales y los contratos de forma. Al verlo llegar a la casona, se acercó sonriente, reconociendo su rango de consejero y pintor de la corte. Después de los saludos de rigor, lo invitó a pasar a las dependencias del ingrato abogado. Luego de atravesar un pasillo interior con ventanales al jardín, le solicitó que se sentase al escritorio de este, frente a él.

El despacho abandonado en la huida aparecía finamente decorado con muebles y tapices flamencos de buen gusto y delicada manufactura. El capitán parecía haber tomado el mando de la embajada luego de la partida del embajador y se movía por la mansión con desenvoltura y dando indicaciones a los empleados.

—Estimado maestro, deseo relatarle las últimas novedades que poseemos, a fin de que usted pueda tener un claro panorama de la situación en que nos encontramos. A pedido de nuestro señor Felipe, trajimos a Lisboa al doctor Lievin para solicitarle una confesión completa de sus felonías. Para ayudarlo a recordar detalles, lo sometimos a tormento durante dos o tres días, lo que nos permitió contar con un relato minucioso de sus actos y de los intereses de Francia, en lo relacionado a este posible matrimonio. Infelizmente, un accidente nos privó de continuar el interrogatorio, pues parece que sufrió un desgraciado ataque al corazón en medio de sus revelaciones.

—Entiendo, capitán. No me provoca pena la muerte de un traidor a nuestra tierra. Dígame, por favor, qué información posee que pueda sernos útil para nuestra empresa.

Mientras los hombres conversaban, un criado colocó sobre el escritorio unas copas de vino blanco y un pequeño plato con rodajas de pan, aceitunas y queso de la región. La porcelana china y las servilletas de hilo parecían dignas de la mesa de un rey. Quizás habían sido regalos del embajador de Francia.

—Por eso lo he mandado llamar, maestro van Eyck. Tenemos el dato de que los franceses quieren impedir que sus informes acerca de Isabel y, sobre todo, que el retrato de la princesa se pinte y llegue a manos de Felipe. Evidentemente temen que ella sea del agrado de nuestro duque y la lógica consecuencia del matrimonio posterior. Han de realizar los máximos esfuerzos para impedir la alianza entre Portugal y Borgoña. Deberá usted extremar los cuidados sobre su seguridad, hasta que la pintura sea enviada a Brujas. A tal fin, ya he conversado con el mayor don José, jefe de la seguridad de Lisboa, quien reforzará la guardia con que ya contaba discretamente desde su llegada. Le pido que limite al mínimo sus salidas y movimientos hasta que la misión haya sido cumplida. En cuanto al embajador de Francia, lo tenemos bajo vigilancia discreta, a fin de poder seguir sus desplazamientos e informes.

—Capitán Manfred, le agradezco su lealtad y el interés que muestra en defender nuestra tarea y nuestras vidas. Venimos soportando, desde antes de salir de Brujas, la vigilancia y los ataques franceses a nuestra misión. Afortunadamente, descubrimos antes de nuestra partida que dos espías habían envenenado el agua de los toneles de los barcos, de lo contrario no estaríamos aquí conversando. En fin, una vez más compruebo la importancia que tiene esta gestión que Felipe nos encomendara, ya que Francia se encuentra decidida a impedirla a toda costa. Le obedeceremos y trataremos de facilitarle la tarea a nuestra guardia de protección. Espero que pronto se pueda pintar el retrato y así daremos por terminada nuestra misión.

—Ojalá así sea. Pero debo decirle algo más. El abogado también confesó que envió a Francia un listado con los datos completos de la comitiva. Es decir, que cada uno de vosotros corre peligro en esta ciudad. ¿Comprende bien la situación, maestro?

Suspirando, Jan miró su copa de vino y le habló al capitán sin levantar los ojos, sumido en sus pensamientos:

—Desgraciadamente la comprendo bien. Involucré a mis mejores aprendices en este viaje, a fin de que me ayudaran con una pintura. No evalué, en su justa medida, los peligros que correrían por mi culpa. Esperemos que podamos realizar nuestra tarea lo antes posible y luego emprender el regreso a tierras menos peligrosas para nosotros.

Con estas palabras, Jan se despidió de Manfred, a pesar de la invitación de este a cenar sardinas asadas, y emprendió, custodiado, el retorno a la posada de doña Margarida, donde los flamencos ya se sentían como en su propia casa.

Al pasar los días, Jan observaba con desesperación cómo las tablas de roble y las de haya, lejos de aclimatarse, cada vez se ajaban y partían más. En caso de que la princesa accediese…, ¿sobre qué tablas la pintaría?… ¿Cómo se había metido en esto? Y ahora ¿cómo saldría? Sus aprendices intentaban tranquilizarlo con distintas pruebas con prensas, baños de vapor y pegamentos, pero todo había resultado inútil. Las maderas no respondían a los tratamientos y apenas al enfriarse o secarse, las cicatrices volvían a aparecer.

Una tarde soleada, en que los flamencos habían salido hacia las afueras de Lisboa, acompañados por un par de soldados a estirar las piernas por el campo, se dirigieron hacia una pequeña aldea cercana donde evidentemente se celebraba una fiesta, por la música de primitivas gaitas portuguesas y los gritos alegres de los campesinos que se oían, junto al olor de carne de cordero asada.

Los caballeros flamencos se acercaron tímidamente a las mesas, con curiosidad por ver una fiesta de campesinos. Los aldeanos, jubilosamente los invitaron a tomar un vaso de vino, refrescado en vasijas de arcilla a la sombra, y a brindar con la pareja de novios que se casaba. Espontáneamente, surgieron canciones y bailes populares de la improvisada orquesta de gaitas, flautas y pequeños tambores de parches de cuero. Pronto los tres extranjeros fueron tres lugareños más, en aquella reunión bajo los árboles, bailando danzas que se trenzaban en círculos y girando rápidamente entre palmas y gritos.

La música alegre y los bailes habían sido prohibidos por la Iglesia católica, que los consideraba incitadores a la lujuria. De todos modos, las gentes desafiaban la persecución eclesiástica y buscaban cómo divertirse sin ser vistos u oídos. Los músicos populares practicaban su arte a escondidas, por temor a ser acusados de herejes y pecadores por los monjes, pero en cada fiesta familiar aparecía la música como por arte de magia.

Así bailaron, incorporados al grupo como pastores portugueses, hasta caer rendidos de tantos saltos y vueltas. A continuación, se comenzó a oír la música suave de un oud, acompañando canciones lentas, que contaban historias de amor y de nostalgia por tierras dejadas atrás. En ese momento, los campesinos y los caballeros flamencos se sentaron en troncos o en el piso a escuchar en silencio, mientras bebían a sorbos jarros de vino.

Al caer la tarde, se acercaba la hora de regresar, pero Jan deseaba agradecer a esas gentes, tan amables y generosas con su pan y con su vino..., con lo poco que su pobreza les permitía poseer.

Solo contaba con la caja pequeña de lápices, pinturas y pinceles que siempre llevaba consigo en un morral cuando salía a caminar, para poder tomar bocetos y mantener las manos y los ojos en buen estado. Pensando un poco, se le ocurrió una idea simple para demostrar su gratitud. Entonces, llamó a la novia y le dijo en voz alta, de forma tal que todos los que la rodeaban escucharan:

—Debe saber, señora, que en mi tierra soy pintor de la corte. Poseo un taller con sirvientes y aprendices, algunos de los cuales me acompañan aquí, y realizo obras para nobles y también para ricos obispos. Vosotros nos habéis abierto las puertas de esta celebración, nos habéis dado de comer y de beber sin conocernos y para recompensar vuestra generosidad, quisiera hacerle un rápido retrato en este momento, para que pueda conservar esta imagen con los años.

Los campesinos escuchaban con respeto y en silencio las palabras del que por sus ropas deducían que era un noble extranjero, pero se hacía evidente que no lograban comprender lo que el maestro proponía con el entusiasmo incentivado por el generoso vino portugués. Ninguno de ellos había visto otras imágenes que las llevadas en lo alto por algún grupo de monjes que pasaban rápidamente en una que otra procesión. Pinturas simples, de la Virgen o de Cristo, realizadas en el estilo sencillo de la época medieval, que luego se guardaban dentro de los conventos hasta el año siguiente.

Al ver la cara de sorpresa de estas buenas gentes, Jan continuó explicando:

—Poseo aquí, conmigo, algunas de mis pinturas y herramientas, pero infelizmente no hemos traído con nosotros dónde pintar. Necesito que me acerquéis una tabla cepillada y lijada o quizás una piel estirada y sin imperfecciones o, si lo hubiese, un papel grueso y blanco.

La novia lo miró, encantada con lo poco que entendía del ofrecimiento, pero pronto se le ensombreció la mirada.

—Maestro, aquí no contamos ni con tablas cepilladas, ni con pieles, somos pobres y no tenemos esos materiales. Papel no hemos visto nunca. De todos modos, le agradezco la intención de hacerme un regalo, pero no creo que sea posible.

Jan miró alrededor, pensando cómo remediar el problema, sin hallar ninguna solución, hasta que una chiquilla descalza, hermana menor de la novia, le dijo alegremente:

—Maestro, aquí lo único liso y blanco que puede encontrar es este pedazo de tela que he puesto en el bastidor, para bordarle un recuerdo a mi hermana.

Jan miró la tela gruesa, casi blanca y tensa en el bastidor redondo, la tocó suavemente con los dedos, la dio vueltas entre sus manos y una idea que le cruzó por su genial cabeza le hizo sonreír entrecerrando los ojos grises, como quien no quiere que un pensamiento lo abandone. Luego se sentó a la sombra de un árbol con el bastidor en la mano, miró largamente la tela y dijo tratando de que su emoción no se trasluciera:

—Señores, si esta niña me lo permite, aquí mismo pintaré el retrato de la novia. En esta tela, tensa y blanca, quedará el recuerdo de este día para siempre.

Ante la alegría de la pequeña, que se sentó a su lado para poder ver mejor, tomó el bastidor, lo colocó sobre la mesa y, asistido por uno de sus ayudantes que sonreía divertido, le aplicó con cuidado varias manos cruzadas de cola blanca mezclada con yeso que llevaba en un frasco. Las gentes se agolpaban a su alrededor mirando como si fuese un mago, un brujo que iba a lograr detener el tiempo. A los pocos minutos, solo se oían los ruidos del campo. Los bueyes, los pájaros, las gallinas y la suave brisa en los árboles.

Luego de esperar un rato, raspó bien la tela con un cuchillo hasta lograr una superficie perfecta para pintar. A continuación, le solicitó cortésmente a la novia que se sentase frente a él y comenzó a trazar el bello rostro de la campesina con un pequeño pincel humedecido en pintura gris. La gente alrededor de ellos comenzó a exclamar a medida que de sus seguros y rápidos trazos surgía la cara exacta de la modelo que impaciente y alegre quería mirar la labor.

—Espere, señora, tenga paciencia. Esta tarea me llevará un buen rato, pero verá que la recompensa a la espera será agradable a sus ojos.

Al terminar el boceto, sus ayudantes comenzaron a abrir potes y frascos, mientras él extendía finas capas de colores, unas sobre otras, con esa técnica y esos óleos que tanta fama le habían dado. Ensimismado, como si estuviese trabajando en su taller, daba secas órdenes a sus asistentes, que obedecían silenciosos y sonrientes, adivinando muchas veces, por su experiencia y profesionalismo, qué pincel iba a solicitar o qué color deseaba utilizar.

Los invitados y parientes ahora se mantenían en un religioso silencio, expectante, ante la maravilla que veían surgir de esas manos, de esos colores, de ese simple y cotidiano bastidor de bordado. Jan, obsesivo como siempre, continuó hasta sentirse satisfecho con el boceto en colores que había logrado. Faltaba muchísimo para lo que él consideraba una pintura acabada, pero comprendió que la ocasión y la hora de la tarde aconsejaban partir y que ese nivel de terminación era suficiente.

Realizó los últimos retoques y un rato después, giró el bastidor ante los ojos de la novia, recomendando que no lo tocaran por dos o tres días. La joven primero exclamó sorprendida llevándose las manos a la cara y luego se lanzó a sollozar de sorpresa y emoción, gritando:

—¡Soy yo! —lo que provocó más de una lágrima y también risas entre su madre y sus hermanas.

Jan observó el resultado de pintar directamente sobre la tela en ese bastidor y sonrió para sus adentros, al tomar conciencia definitiva de que había descubierto por casualidad algo que podría cambiar para siempre su forma de trabajar, o al menos colaborar, para salir de las dificultades que le daban los entablonados de roble que había traído de su tierra.

Luego de reponerse, la joven le tomó las manos a Jan y le dijo con sencillas palabras:

—Maestro, es usted un mago o un enviado de Dios. Esta pintura es más fiel que un espejo. En realidad me veo mejor de como soy, me veo como quisiera ser. No veo de qué manera podremos pagar nosotros esta obra digna de una reina.

Jan respondió entre sus risas y las de sus acompañantes:

—Señora, es hermoso ver su alegría. Apenas he intentado no solo dibujar su bello rostro, sino también su alma y su inocencia. Ese es el secreto de la pintura. Vosotros nos disteis lo que teníais, sin pedir nada a cambio. Aceptad este simple recuerdo, hecho con apuro y sin detalles, en pequeña muestra de agradecimiento. Debo decirle, también, que su pequeña hermana ha logrado solucionar un problema que me impedía conciliar el sueño desde hace semanas. De modo tal que la deuda es mía para con esta niña, a la que le daré estas monedas, si ella me lo permite, a fin de que guarde también un recuerdo de este día.

Diciendo esto abrió su bolsa y le extendió seis monedas portuguesas a la niña, que nunca había visto tal fortuna frente a sus ojos y que sonreía incrédula de su suerte, mientras extendía una sucia manito.

Dicho esto los caballeros se pusieron de pie y se dispusieron a emprender el retorno a la ciudad. Entre risas y saludos se fueron despidiendo de los campesinos y volvieron a buen paso, antes de que la noche cayese sobre Lisboa. Tampoco era bueno tentar a la suerte y, menos aún, a los salteadores de caminos.

Al cumplirse unas dos semanas del encuentro con la princesa, un lacayo de la corte dejó un sobre lacrado en la posada. ¡Jan debía presentarse en palacio el día siguiente temprano por la mañana! ¡Por fin una noticia!

Avisó con urgencia a todos los miembros de la misión, a los encargados de la pintura y a los encargados de la confección del contrato de matrimonio, y de inmediato se organizó la visita a la corte del naciente imperio. La nota recibida solo requería la presencia de Jan, pero igualmente lo acompañaría una pequeña comitiva. Solicitó que le preparasen un baño y ropas limpias, y se sumergió en el agua caliente y en sus pensamientos a la vez.

El descubrimiento hecho en el campo le había devuelto el aplomo y la seguridad en su don... ¡justo a tiempo!

Al amanecer, Jan, Rogier y Dieric ya estaban preparados para subir la cuesta del castillo. Luego de una breve caminata por las empinadas callejuelas adoquinadas de blanco y negro con bellos motivos, mientras solo se oía la respiración de los tres caballeros y se veía el vapor de su aliento, llegaron hasta la guardia al lado del puente que cruzaba el foso de defensa.

Al mostrar la nota a los soldados de custodia, rápidamente dos guardias los condujeron hasta el interior de las murallas por un gran patio empedrado. Luego de atravesar pesadas puertas de seguridad y largos pasillos, subieron dos escaleras de piedra cubiertas por una alfombra y llegaron a la antesala de la recepción. Allí, los soldados se volvieron a la entrada y un pequeño grupo de cortesanos los miró con curiosidad, mientras esperaban instrucciones.

A los pocos minutos, un servidor de Isabel se acercó a Jan y le indicó que solo él podía entrar a la sala contigua. Los dos acompañantes se quejaron débilmente, pero Jan los calló con un gesto, aceptando sin demora.

Al abrirse las puertas se introdujo en una sala ricamente decorada con muebles, tapices, espejos y alfombras, que no tenía nada que envidiarle al palacio del duque, su señor. Isabel lo esperaba junto a un grupo de damas de compañía y algunos consejeros, cuyos rostros recordaba de la entrevista anterior. El sol alumbraba el encuentro a través de las ventanas dando tibieza y una iluminación que animaron el espíritu de Jan. ¡Qué buena luz tenía este país para pintar!

—Maestro van Eyck, bienvenido a palacio —comenzó informalmente la princesa acercándose a él. Jan dobló la rodilla y besó su mano con galantería, mirando el suelo y sus graciosos zapatitos.

—Princesa, agradezco el honor de vuestra invitación —dijo al tiempo que se incorporaba.

—Le he mandado llamar a fin de darle instrucciones sobre cómo se deberá pintar el retrato al que ha accedido el rey... contra mis deseos. Sin embargo, debo ser obediente y colaborar, dentro de lo posible, con su empresa y con lo que el rey me solicite.

Jan percibió rápidamente que jugaba con cartas ganadoras y, en un destello de atrevimiento, hizo su apuesta.

—Princesa, mi señora, me llena de alegría vuestra disposición y celebro la acertada decisión del rey. Quisiera pediros el gran favor de poder discutir los términos del acuerdo en mayor intimidad y reserva. Solo soy un simple pintor, pero he podido observar, a lo largo de muchos años de experiencia, que el modelo precisa sentirse en plena confianza y relajado, ya desde antes de la confección del retrato —hizo una pausa y luego continuó—: A fin de poder garantizar el resultado de mi humilde arte, os ruego que hablemos a solas. Dibujo y pinto desde niño, mi señora, y he pintado a muchos nobles y obispos. Creedme, os lo pido, que es mejor así para obtener un buen resultado final.

Jan sintió que la sutil demostración de fuerza podía ser el primer paso para que la princesa se dejase conducir por su vasta experiencia. La infanta reflexionó unos instantes, mirándolo con sus ojos claros y dijo con voz serena:

—De acuerdo, maestro. Ya que se ha decidido hacer este retrato, será mejor que usted garantice el resultado final. Solo quedarán conmigo, Clara, mi fiel aya desde niña y mi amiga de la infancia, Juana. Los demás deberán esperar afuera mientras hablamos.

Entre murmullos de desaprobación, los cortesanos se retiraron de la sala, sabiendo que se perderían los detalles de ese extraño acuerdo. Los cuatro se sentaron en sillones decorados, frente a una mesita y comenzaron a dialogar.

Jan tomó primero la palabra, hablando pausadamente y tratando de que su tono de voz expresara seguridad y cordialidad.

—Debéis saber que el proceso del retrato es lento. Tendréis que posar para mí durante largas jornadas. Será lo mejor que estemos lo más solos que sea posible, a fin de no distraer nuestra concentración. Luego, todavía necesitaré de varios días más para detalles y retoques. Nadie podrá acercarse al cuadro y menos aún tocarlo para no arruinar la pintura. Deberé seguir trabajando día tras día, por lo que el cuadro tendrá que permanecer con custodia permanente cuando yo no esté atareado en él y tapado además a la vista de extraños. El retrato llevará un mínimo de dos o tres semanas de trabajo intenso, de nosotros dos, mi señora. Puedo también deciros, sin temor a equivocarme, que al final de nuestra tarea estaremos ambos orgullosos del resultado.

La princesa dejó pasar unos instantes y comenzó a hablar provocando la sorpresa y la conmoción en Jan.

—Entiendo, maestro, el proceso que describe de la pintura. Espero, por su bien, que el resultado sea digno de tanto esfuerzo. Debe saber, sin embargo, que el motivo de que haya esperado algunos días para esta entrevista fue que mandé a dos de mis consejeros, especializados en pintura, a su taller en Brujas, a fin de que realizaran un informe sobre su arte. Se hicieron pasar por ricos comerciantes gallegos y, luego de dejar una generosa seña por un futuro retrato, sus colaboradores les enseñaron todo lo que estaban haciendo en el taller. También mis enviados conversaron discretamente en bares y mercados, y debo reconocer que posee usted buena fama en su país. Hace pocos días nos llegó el informe completo, que, por supuesto, he compartido con el rey y sus consejeros.

Jan sintió el golpe, abriendo los ojos, pero logró contener las palabras que luchaban por salir de su boca abierta, mientras la princesa continuaba su relato.

—Ahora que he comprobado que puede ser un pintor de calidad es que le he mandado llamar. Le advierto, sin embargo, que si el retrato no es de mi agrado, lo haré destruir inmediatamente, para gran alegría de los pintores de Lisboa, que esperan con impaciencia su fracaso.

Luego de recuperarse de lo que había escuchado, e imaginando aún a los dos caballeros disfrazados recorriendo su taller y evaluando sus obras inacabadas frente a sus ingenuos aprendices, Jan contestó tratando de parecer indiferente y firme:

—No ignoro la calidad de los pintores locales, sin embargo sé que juntos, vuestra majestad y yo, podremos dejar sorprendidos a todos aquellos que miren el futuro retrato. Por otro lado, podéis suponer que el duque únicamente confía en mis manos y en mis ojos. Solo siendo pintado por mí será aceptado por el duque como la verdadera representación de vuestra belleza —dijo y sintiendo que había empatado la jugada de la princesa, continuó—: Os dejo a vuestro criterio la elección de vestidos y joyas, pero debo recomendaros que sean discretos en diseño y color, para que no disputen el protagonismo de vuestra imagen. Solo vos y por supuesto el rey podrán mirar la pintura antes que esté concluida. Os garantizo, asimismo nuevamente, que los materiales usados serán de primera calidad, así como las tablas, los pinceles, pigmentos y demás accesorios necesarios.

Isabel y Juana sonrieron, apreciando para sus adentros la manera en que Jan se había recompuesto rápidamente de la noticia del espionaje en su taller. Luego, Isabel prosiguió:

—De acuerdo, maestro, es hábil con las palabras también, no solo con el pincel en la mano. Un pequeño detalle más. El cuadro no se pintará en Lisboa, sino en el Convento de San Benito, en Avis, a ciento sesenta millas de aquí. Allí, yo encontraré mis salones más conocidos y mi gente más protectora, y usted, la tranquilidad y la privacidad que no tiene Lisboa. En una semana comenzaremos en Avis el retrato. Hasta entonces.

Incorporándose dio por terminado el encuentro, antes de que Jan pudiese digerir ese último y sorpresivo cambio de ciudad. Luego de los saludos protocolares, se abrieron las puertas y se dirigió hacia sus compañeros, que esperaban afuera en silencio y le destinaban ansiosas miradas, mientras los consejeros rodeaban a la princesa.

Los tres hombres desanduvieron el camino de salida a paso rápido sin hablar y recién al cruzar el foso, Jan les lanzó el primer y único comentario sobre la reunión, antes de comenzar el descenso hacia la posada.

—Mañana nos vamos de Lisboa. Preparad todo el equipaje y avisad en forma inmediata al duque.

Capítulo XI

Lisboa, 15 de enero de 1429

Isabel acompañó a los flamencos mientras salían de la sala y con un gesto claro, frenó el ingreso de sus cortesanos.

—Deseo estar a solas con mi aya Clara y con Juana. Cerrad las puertas y que no nos molesten. Venid, sentémonos, que debo daros instrucciones.

Las tres mujeres volvieron al sitio donde se habían reunido con Jan, se sentaron una al lado de la otra, e Isabel abrió un estuche de cuero que se encontraba en el suelo al costado del sillón.

—Mirad, esto que veréis lo pintó Jan van Eyck en una boda de campesinos hace unos días. Según me cuentan mis soldados, conocieron casualmente a estas gentes y Jan, quizá para divertirse o simplemente para ejercitar la mano, hizo esto en unos minutos delante de la vista de todos.

Diciendo esto, extrajo la pequeña tela con la pintura de la novia de la boda, junto con seis monedas y se lo puso todo a Clara y a Juana en la mesita frente a sus ojos. Ambas lo miraron con detenimiento. Una sensación inexplicable las invadió, mientras gozaban del rostro honesto y puro de la campesina desposada. Clara no pudo dominar sus emociones y pronto los ojos se le llenaron de lágrimas. Juana miraba hipnotizada el pequeño trozo de tela pintada.

—Es magia..., esos ojos, esa boca, la expresión...

—Así es, Clara, parece magia. Escúchame atentamente, que no tenemos tiempo que perder. Consigue en el depósito ropas de las cocineras de palacio, para Juana y para mí y llévalas enseguida a mis habitaciones. Luego, ve y dile al capitán de mi guardia que él y los dos soldados que consiguieron este retrato se vistan como campesinos en forma inmediata, que ensucien sus ropas y sus rostros con carbón y que dispongan armas cortas. Dile también al capitán que inmediatamente sus hombres preparen las cabalgaduras para ellos y nosotras. Los cinco caballos deben ser comunes, sin adornos de palacio y con monturas sencillas. Saldremos por la puerta de la muralla del poniente en menos de una hora. Demás está decir que todo debe ser hecho en la más absoluta discreción.

—Pero, mi señora, ¿habéis perdido la razón? ¡Es un plan completamente insano! ¿Cómo os vais a vestir de cocinera y abandonar el palacio a caballo? Es una locura..., debo decirle al rey de vuestra intención o rodará mi cabeza apenas se entere su majestad.

Isabel la tomó de un brazo y la atrajo hacia sí, al tiempo que la miraba a los ojos con fijeza y le hablaba en tono seco y cortante, aunque con voz baja:

—Clara, escúchame atentamente. No le dirás nada a nadie. ¿No te das cuenta de que tengo la oportunidad única de conocer a la muchacha que inspiró este retrato? ¡Debo verla con mis ojos! ¿Y si es más bella aún? ¿Y si por el contrario, es fea o torpe y él la llenó de gracia? Debo verla en persona y tú obedecerás mis órdenes sin hablar con nadie —y apretando su brazo con firmeza agregó—: Hay mucho en juego en esta boda, e intereses que la quieren impedir. Debes saber que los destinos de miles dependen de este retrato. Debemos ser responsables con nuestro pueblo y quizá con el de Felipe también. Vete ya, y que Dios acompañe tu prisa. Tú, Juana, ven conmigo, que debemos prepararnos..., viniste para acompañarme y ahora tendrás la oportunidad de hacerlo en algo mucho más interesante que las tonterías frívolas de palacio.

Tras estas palabras, Isabel y Juana se dirigieron rápidamente a sus habitaciones, dejando al aya en un mar de dudas y de temor por su propia suerte. Si el rey se enteraba de lo que Isabel estaba tramando y de que ella obedecía sus órdenes, podría condenarla a muerte o, en el mejor de los casos, echarla de palacio y quizá de la ciudad, condenándola a ser una mendiga por los campos a su avanzada edad. Decidió obedecer, más por temor a Isabel, que por estar convencida de hacerlo. Rápidamente fue al depósito de ropas de la servidumbre, clasificado con rigor inglés, y consiguió ropas recién lavadas de las cocineras de palacio. Eligió además, entre las pilas ordenadas, unas capas de burda tela gruesa con una generosa capucha, que taparían sus conocidos rostros de la vista de curiosos y extraños.

Luego fue a ver al capitán de la guardia, quien escuchó las extrañas instrucciones en silencio. Al advertir en él una pequeña vacilación en obedecer sus órdenes, Clara le preguntó directamente si se animaba a ir a plantear sus observaciones personalmente a la princesa. El capitán comprendió que un plan así no podía estar tramado por el aya y dándose media vuelta con un taconeo, bajó hacia las oscuras caballerizas con apuro.

Una hora después, un lento grupo de tres campesinos y dos cocineras salía de la fortaleza al paso parsimonioso de sus caballos. Isabel cubría su cara con una caperuza generosa y vestía ropas simples y cómodas, hechas para el trabajo. Los falsos campesinos, con toscos sayos de tela cruda y sandalias de cuero, disimulaban espadas de combate en sus espaldas y dos puñales para la pelea a corta distancia en sus cinturas. El capitán llevaba además una espada corta escondida bajo la montura. Solo quien hubiese podido ver sus ojos habría notado la determinación y la concentración puesta en cada detalle del camino.

Atravesaron la ciudad a paso calmo y salieron por la puerta del poniente, un poco después del mediodía. La ciudad crecía más allá de las murallas y pronto sería necesario pensar en nuevas fortificaciones. Las puertas se cerraban por precaución cada noche, dejando indefensos a los habitantes de afuera de los muros a un posible ataque nocturno. Como los precios de los terrenos del otro lado de las murallas eran más bajos, proliferaban allí los bares de mala estofa y los sitios reservados a las prostitutas más baratas. Las mujeres más jóvenes y caras trabajaban en las posadas murallas adentro, en una doble función de mozas o cocineras y acompañantes de viajeros solitarios. Un destacamento de soldados se encargaba del control de las puertas y de mantener el orden murallas adentro. Afuera imperaba la ley del más fuerte, o la justicia práctica y sencilla de los dueños de los bares. También eran las zonas de las casas de los artesanos y de los gremios peor pagos. Zapateros, albañiles, pescadores y costureras se apiñaban en distintos caseríos de madera, que cada tanto eran borrados por fuegos incontrolables, que empezaban en un fogón mal apagado o en una lámpara volcada por accidente.

A poco de andar por caminos bordeados de sembradíos y animales, llegaron a la casa donde se había realizado la boda, guiados por las instrucciones de los soldados que habían obtenido el retrato. Ataron los caballos, dejándolos escondidos detrás de una parva de heno, y se acercaron lentamente hasta la humilde morada. Allí la familia completa descansaba un poco después del simple almuerzo de pan y conservas.

Los soldados golpearon la rústica puerta de desparejas tablas y el padre abrió con tranquilidad, pensando que sería algún vecino que pasaba a pedir algo. Grandes fueron la sorpresa y las exclamaciones de la familia, ya que al abrirse la puerta, entraron los soldados con decisión y con las espadas desenvainadas.

Un oficial se apostó al lado de la puerta, otro recorrió el fondo para ver si había más gente escondida y el capitán permaneció al lado de Isabel y Juana con la espada en la mano. Pronto se juntaron unas doce personas, entre los visitantes y los campesinos, en esa sucia estancia que hacía las veces de cocina, dormitorio común, gallinero y depósito de enseres. Un fuerte olor a humo y suciedad impregnaba todo y costaba respirar normalmente.

De inmediato, empezaron todos los campesinos a gemir en voz alta y a pedir clemencia suplicando a Dios, ya que la presencia de soldados armados solo podía significar que la desgracia se había abatido sobre ellos. El padre de familia, de rodillas, pedía por la vida de sus hijas con lágrimas en los ojos.

—No hemos hecho ningún mal, señores, solo somos pobres campesinos, tened piedad de nosotros, pero si deseáis llevar una vida, que sea la mía, os lo ruego.

—Levantaos, buen hombre. No venimos hoy trayendo a la muerte en nuestras manos —dijo Isabel sacándose la capucha, lo que provocó un murmullo de admiración al reconocerla, ya que el pueblo la veía de lejos en las fiestas religiosas y populares. Luego continuó con voz clara y firme—: Venimos a conocer a la muchacha que posó para este retrato —explicó la princesa, al tiempo que mostraba la tela que sus soldados le habían hecho llegar.

Semi oculta en el fondo, sucia de tierra de la labor del día en la huerta, con los pies descalzos y el pelo atado bajo un tosco pañuelo, se adelantó lentamente la modelo temblando de miedo.

—No sabía que estaba prohibido posar, mi señora, sé que no merezco ese retrato, solo me dejé llevar por la magia de las manos de ese pintor extranjero. Me pidió una tabla para poder pintar y mi hermana le ofreció su tela de bordado. Os pido perdón, no conocíamos esas leyes, mi señora, tened piedad de nosotros —rogó la muchacha y luego continuó—: Apenas el soldado que vino me dijo que entregara todo, le dimos el retrato y las monedas sin protestar. Solo actuamos así por ignorancia, mi señora —contó la recién casada atropelladamente, mirando el suelo mientras avanzaba hacia la princesa.

—Ven aquí, colócate al lado de la ventana y déjame ver tu rostro —le ordenó Isabel mientras señalaba un tronco cortado que hacía las veces de asiento.

A continuación, la princesa se sentó frente a la joven en un taburete que le acercó un soldado y la miró con intensidad. Observó la tela, volvió sus ojos hacia ella y finalmente suspiró con los ojos brillantes.

—Eres tú, tal como eres. Pero por completo. Por dentro y por fuera. ¡Qué encanto tiene este retrato! Ahora comprendo por qué te dejaste llevar por la magia de esta imagen. No solo pintó lo que ven los ojos, sino que pintó lo que ve el corazón. ¿Qué dices, Juana?

Juana no podía hablar, conmovida al ver cómo la tela representaba perfectamente el rostro joven e inocente de la pobre campesina y se quedó callada por el asombro, mientras asentía con la cabeza.

Luego de meditar prolongadamente, en medio de un silencio absoluto, en el que todos permanecían expectantes de la decisión que tomara la infanta, Isabel habló:

—Haremos algo.

Se encontraba la princesa en medio de la pobre habitación de humildes campesinos con piso de tierra apisonado. Los soldados permanecían con las espadas desenvainadas, el padre sollozaba arrodillado en el piso y los demás se hallaban estáticos, sabiendo que en ese momento se estaba decidiendo su suerte. Isabel primero habló a la muchacha, que había sido la modelo de la pintura.

—Este retrato no podrás conservarlo ahora, pero te será devuelto dentro de un año, a partir del día en que se pintó. Dios quiso que tú fueses su modelo y yo no voy a torcer esos designios del destino. Hoy sería peligroso, para ti y para mí, que tú lo tuvieses. Mis soldados te lo devolverán cumplido ese plazo. En cuanto a tu hermana, que tuvo la ocurrencia de ofrecer su tela para bordado, ¿dónde se encuentra? —preguntó ya sonriendo, lo que relajó el ánimo de todos los presentes.

—Aquí, mi señora —señaló con una sonrisa y arrodillándose una preciosa niña de unos diez años, casi desnuda, sucia de tierra y descalza.

—Bien, aquí te devolverán tus monedas y si tus padres lo consienten, vendrás a vivir a palacio, para educarte como doncella de servicio. Creo ver en tus ojos y en tu alegría, que posees inteligencia y ganas de servir. Serán largos años de aprendizaje, pero no sufrirás más penurias y podrás ayudar a tu familia. —Meditando también en su posible futuro, Isabel agregó—: Quizá tengas que acompañarme, si es que debo emprender algún viaje a tierras lejanas. Dios te ha atado a este pintor y a sus retratos y creo que será propicio para todos nosotros obedecer sus señales. Es bueno tener el alma y el corazón abiertos a interpretar las que Él nos pone frente a nuestros ojos. Mañana vendrán a buscarte mis lacayos para llevarte a palacio.

Dicho esto, la niña se abrazó fuertemente a los pies de Isabel, comprendiendo que el azar o Dios habían cambiado su vida y la de su familia para siempre.

Isabel se incorporó y guardó el retrato nuevamente en un pequeño bolso de cuero. Todos se pusieron de pie menos el padre, que continuaba sin comprender lo que había pasado en tan pocos minutos.

—Ahora debemos irnos rápidamente de aquí. Pero hay todavía una cosa más que debo deciros. Debéis olvidar inmediatamente esta visita. Pensad que nunca vine, que no me conocéis, que nosotros jamás hemos estado aquí. Con nadie, hablaréis de esto. Vendrán gentes, fingiendo ser buenas, pero que en verdad no me aman a mí ni a Portugal y os ofrecerán dinero para que relatéis todo, pero, cuidado,... debéis vencer la tentación de tomarlo —y cambiando su rostro, Isabel continúo, pero ya con la mirada fría y un gesto endurecido en la boca—: Infelizmente hay cuestiones de Estado que me obligan a ser rigurosa con mi propia vida y con las de mis súbditos. Estos hombres que veis aquí podrían mataros a todos en pocos segundos, si yo se lo ordeno. Si algo de lo que habéis visto u oído sale de estas paredes, me veré obligada a disponer la muerte inmediata de hasta el último de vosotros.

El silencio absoluto permitía escuchar el canto feliz de los pájaros en los árboles, como una contradicción de la naturaleza a la firme amenaza que Isabel describía en detalle.

—Podéis servir al rey guardando silencio y avisando a este hombre, mi capitán, si alguien viene hasta aquí preguntando por el retrato. Es un hombre noble y daría su vida por la mía, como ya ha demostrado en más de una oportunidad, pero también tomaría la vuestra si es menester. Cumplid conmigo y seréis recompensados por el resto de vuestros días, si no... hallaréis la muerte en sus manos. Quedad con Dios.

Dicho esto, Isabel se dirigió a la puerta y abandonó el lugar tan pronto como había llegado, seguida por los soldados que envainaban sus espadas y por Juana, que se alegraba de emprender el retorno a palacio. Dentro de la humilde vivienda de barro y madera, quedaba la atónita familia petrificada. La novia volvió a sentarse en el banco, el padre siguió de rodillas y el resto de los campesinos quedaron de pie, inmóviles. Solo la niña del bordado sonreía sentada en el suelo de tierra, tratando de imaginar cómo sería la vida de una dama de compañía de una princesa.

Los integrantes de la comitiva rápidamente subieron a sus cabalgaduras y emprendieron el retorno sin hablar, confiados en que la hora les permitiría regresar sin levantar sospechas. Al pasar la misma puerta de las murallas por la que habían salido, el capitán descubrió por un instante su cabeza y miró sin saludar al jefe de la guardia, que bajó la mirada, comprendiendo que era mejor pensar que no había visto nada.

Cuando Jan y sus acompañantes volvieron a la posada, se encontraron con malas noticias. Bruno, el aprendiz genovés que la noche anterior, desafiando la orden de no moverse solo por la ciudad, había tomado prestada la capa de van Eyck y se había ido a divertirse a la taberna vecina, aún no había regresado a esa hora de la mañana. Ante el relato preocupado de lo ocurrido, rápidamente los caballeros flamencos se dirigieron al lugar para intentar averiguar su paradero. Jan sentía funestos presagios ante la desaparición sin aviso de su colaborador. Las instrucciones habían sido claras y todos las venían cumpliendo al pie de la letra. Nunca separarse solos del grupo, siempre avisar dónde iban a estar y cumplir con los horarios acordados.

Una vez que llegaron al sitio, una pequeña taberna con un anexo de madera desvencijada, donde un grupo de pequeñas habitaciones daba lugar a las labores complementarias de las mozas, buscaron al propietario y enseguida lo interpelaron.

—Buenos días, tabernero. Estamos en busca de uno de nuestros compañeros que vino aquí anoche y todavía no ha regresado a la posada —dijo Jan, con voz fuerte, al hombre que limpiaba unos jarros detrás del mostrador, y que contestó de mal modo y con desinterés.

—Aquí no ha venido nadie. Buscad por otro lado, que tenemos mucho trabajo.

Ante el silencio desafiante del tabernero, un hombre viejo y maloliente, los flamencos decidieron desenvainar sus espadas. Mientras Joos y Antonello apoyaban sus aceros en el pecho del encargado, los demás comenzaron a recorrer la ruinosa taberna. Al abrir una de las puertas del fondo, encontraron escondidas a las jóvenes que trabajaban en el sitio, que comenzaron a gritar y a llorar ante la decidida acción de los flamencos y de los dos soldados de custodia que Manfred les había enviado. Luego de amenazar con un puñal en el cuello a una de las muchachas, casi una niña, que trabajaba en el sitio, esta confesó que había estado durmiendo en su habitación con el ayudante de van Eyck. En su angustiado relato contó que de repente, en mitad de la noche, sintió un ruido fuerte al abrirse la puerta y un grupo de personas que hablaban otro idioma golpearon a su hombre en la cabeza y se lo llevaron junto con toda su ropa.

Después de escuchar la confesión, la soltaron y rápidamente, cabizbajos y preocupados por la suerte de su amigo y compañero de trabajo, abandonaron el tugurio en dirección a la embajada, a fin de buscar el consejo del capitán Manfred. Caminaron rápidamente la corta distancia que los separaba de la residencia oficial de Borgoña en Lisboa, hablando todos al mismo tiempo, urgidos por actuar con rapidez para encontrar a su amigo y compañero, pero sin saber cómo hacerlo ni por dónde empezar. Al llegar y presentarse, uno de los sirvientes partió en busca del capitán que se hallaba conversando con Baudouin de Lannoy.

Impaciente, sin poder aguardar, decidió entrar a la habitación donde los dos hombres departían y, en pocas palabras, les hizo un resumen de lo acontecido, mientras lo escuchaban con gestos serios y preocupados.

De inmediato, Manfred sugirió ir a la fortaleza en busca de don José, para contarle lo sucedido y pedirle consejo sobre cómo actuar en Lisboa ante un hecho como este.

—Solo él nos puede ayudar. Si lo tienen prisionero en algún lado, él sabrá dónde buscarlo.

Partieron entonces hacia la fortaleza, en compañía de Manfred y Baudouin. Lo empinado del camino que llevaba a la fortificación, sumado al apuro y a que hablaban todo el tiempo entre ellos, los hizo llegar sin aliento, ante la presencia del jefe de la seguridad de Lisboa.

Don José, un hombre ya entrado en años, de cabeza cana, algunos kilos de más y que se jactaba de haberlo visto todo en lo referente al delito, se acomodó en su silla carraspeando, luego de escuchar los hechos. Tenía ante sus ojos a un grupo ansioso, que lo miraba expectante. La pequeña oficina donde atendía sus asuntos y dictaba las cartas a un escriba, permanecía en un silencio opresivo, mientras jugaba con un pequeño estilete para abrir sobres lacrados. Conocía toda la situación, por los relatos de su amigo Manfred y sabía muy bien de las implicancias políticas de la tarea que esos artistas iban a desarrollar en Portugal. Los miró lentamente, pensando bien sus palabras antes de comentar sus impresiones sobre el hecho.

—Estimados amigos, nos hallamos frente a profesionales que saben muy bien lo que hacen. Ahora mismo mandaré patrullas a recorrer posibles escondrijos, pero es muy posible que no obtengamos nada. La embajada de Francia ya la teníamos vigilada y allí no han ido, porque me hubiesen avisado. Creo que deben haber enviado un grupo especial, solo para cometer este atentado y por esa razón es que no pudimos anticiparnos a sus movimientos. —Ante los rostros y gestos de desazón continuó hablando—: Desgraciadamente, vuestro compañero Bruno cometió dos errores gravísimos. El primero fue ausentarse solo en busca de su querida. Seguramente ya tenían detectado que vosotros frecuentabais esa taberna y mantenían allí una vigilancia y un sistema de sobornos. Hoy mismo comenzaremos con el trabajo de hacer confesar al tabernero, pero es un hombre viejo, por lo que deberemos actuar con prudencia, para que no muera rápidamente sin hablar. El segundo error de Bruno fue llevar prestada la capa de van Eyck con su nombre bordado en el cuello, además de poseer, lamentablemente para él, un cierto parecido físico con su maestro. Seguramente alguien pasó el dato a los franceses y allí, viendo la oportunidad, se decidieron a actuar.

—¡Pero necesitamos saber adónde lo han llevado! —exclamó Antonello, amigo de Bruno desde la infancia.

—Debo ser franco con vosotros. No creo que la intención de ellos fuese el secuestro, sino el asesinato rápido y la huida. Si actuaron como supongo, deben haber eliminado a Bruno creyendo que era van Eyck, a los pocos minutos posiblemente se desembarazaron de su cadáver y luego deben de haber huido hacia la frontera o se embarcaron ocultos en la misma nave que los trajo y que de seguro los aguardaba en alguna caleta escondida. A estas horas, habrán arrojado por la borda todo lo que los pueda inculpar y con certeza deben de navegar de regreso a Francia como inocentes pasajeros.

Don José se levantó de su silla abriendo los brazos en señal de disculpa con un gesto de resignación, ante los rostros consternados del grupo flamenco.

—Lo siento, amigos. Haremos todo lo posible, pero no conservéis demasiadas esperanzas. La vida de vuestro amigo es muy posible que haya llegado a su fin. Que Dios lo proteja...

A los pocos minutos, el grupo silencioso se hallaba de nuevo en la calle empedrada. El frío y la lluvia que caía lentamente sobre Lisboa daban el marco adecuado a la tristeza que los embargaba.

—¿Adónde podremos buscarlo, maestro? —preguntó Antonello, angustiado de imaginar a su amigo muerto.

Jan miró apesadumbrado a los que quedaban y les dijo:

—En este momento, estimado Antonello, ya debe estar en el fondo del río Tajo. Ayer le presté la capa con mi nombre bordado a Bruno. Alguien debió de avisar a los franceses que mi capa estaba colgada en la taberna y creyeron que me mataban a mí…, pobre amigo, perdió la vida por llevar mis ropas. La noticia del fracaso del envenenamiento en los barcos los debe haber decidido a actuar en Lisboa. —Luego continuó hablando mientras emprendían la marcha de regreso hacia la posada—: Estos hechos me han convencido de que debemos partir hacia Avis lo antes posible. Pidamos una escolta esta misma noche y partamos con premura. Prefiero espantar lobos en el bosque de noche, a que me corten el cuello en cualquier esquina de Lisboa. Cerrad los baúles y salgamos en un par de horas. Hasta que se den cuenta de que no me asesinaron a mí, tendremos uno o dos días de ventaja, que aprovecharemos para llegar al palacio de la princesa. Lo que hace un rato me pareció un tonto capricho de Isabel, ahora veo que se trata de una necesidad, si es que queremos conservar nuestras vidas.

Jan preparó todas sus pinturas, herramientas, tablas y también varios paños de tela blanca, que sus ayudantes le habían conseguido de la que se usaba para reparar velas de pescadores. Armó paquetes sólidamente atados y envueltos en ropas, para proteger los frascos de los golpes del viaje y con ellos equiparon las alforjas de los caballos. Mientras se terminaban los preparativos, rápidamente mandó a avisar al resto de la comitiva flamenca que ellos partirían esa misma noche hacia Avis, mientras los demás se quedaban ajustando los detalles del contrato con la corte portuguesa.

Al caer la noche, se presentaron seis caballeros portugueses armados, como refuerzo de la escolta y tratando de pasar inadvertidos por calles secundarias, salieron de la ciudad hacia el norte. Antes que el grupo se internara en el bosque, desde una pequeña loma, Jan miró hacia atrás las pocas luces de la gran ciudad. No sabía si volvería a ver la bella Lisboa, donde dejaba a un compañero desaparecido o quizá muerto y a la princesa, a la que debería retratar dentro de seis días. Con un suspiro, taloneó los costados de su caballo, haciéndolo avanzar hacia el cobijo del bosque.

Capítulo XII

Mojó la punta del pequeño pincel en tinta negra diluida hasta formar un color gris claro y mirando fijamente a la princesa, trazó la primera línea del boceto inicial.

Un proceso de varios meses, pero que en esos últimos dos días había sido febril, culminaba al iniciarse el retrato.

Tres días atrás, al caer la noche, después del largo viaje a caballo, divisaron la población de Avis, lugar de origen del rey Juan I y su familia. Durante el viaje desde Lisboa, debieron alojarse en conventos o iglesias, donde llegaban siempre de noche, descansaban lo que podían y se iban antes de que saliese el sol. Comenzaban cada jornada en silencio, entre las nubes de vapor del aliento de los caballos. Al avanzar el día, la temperatura subía y los ánimos mejoraban, mientras los hombres conversaban con nostalgias del lejano país. Pero al ser invierno, pronto oscurecía y la fila volvía a quedar en un profundo silencio, mientras los animaba pensar que cada vez estaban más cerca de lograr el cometido del viaje. Era imposible conseguir caballos y mulas de refresco en las paradas, por lo que debían transitar al paso, a fin de cuidar las cabalgaduras. Para todo el trayecto a caballo, debieron acostumbrarse a usar el mismo tipo de ropa que los soldados que los protegían de emboscadas de bandidos y de lobos salvajes. Sombreros de ala ancha, capas enceradas para protegerse de la lluvia, guantes de piel fina para las manos y fundas de cuero o tela gruesa sobre las calzas y zapatos, para guarecerse del agua y las ramas del camino. Los soldados y los mozos de las posadas eran expertos en el arte de amarrar las cargas sobre las mulas. Los atados no podían quedar ni flojos, ni excesivamente apretados y en cada parada se debían descargar todos los animales para que también ellos descansaran y pudiesen comer tranquilos. Afortunadamente, las raciones para los caballos y las mulas también les eran entregadas en cada convento, mientras los hombres se retiraban a comer algo caliente y dormir. Las cenas eran taciturnas, dominadas por el cansancio y los pensamientos que volaban lejos. El grupo de artistas no se reponía todavía de la pérdida de Bruno, en especial Antonello, su amigo de la infancia en Génova. Los flamencos hablaban entre ellos en su idioma, por lo que los soldados permanecían callados y distantes, maldiciendo la tarea encomendada y el estar lejos de su ciudad. Ya en el camino, Jan, envuelto en su nueva capa portuguesa, miraba en pensativo silencio la hilera de soldados, pintores flamencos y mulas de carga, que viajaban por los caminos desconocidos de ese nuevo reino. Una vez pintado el retrato, harían una copia de seguridad y ambos serían enviados por distintos recorridos hacia Brujas. Jan y sus aprendices ya no estarían como objetivo de las tropas francesas y podrían moverse con tranquilidad en su retorno hacia Flandes. Hubiesen querido disfrutar de los recodos de los tranquilos ríos, de los paisajes que se podían ver desde las colinas, de la hospitalidad de los campesinos..., pero la urgencia en llegar los apremiaba.

Sabían que la iniciativa de salir de Lisboa les daba un poco de calma, pero pronto los franceses se darían cuenta de que habían matado a la persona equivocada. Una vez en Avis estarían más seguros, ya que nadie podría ingresar sin ser detectado como extranjero, y quedaría detenido como inmediato sospechoso por las guardias de los ingresos al pueblo, reforzadas por tropas desplazadas desde la frontera con Castilla.

Avis era un lugar tranquilo, donde se destacaban el Convento de San Benito y el castillo medieval, en medio de un tranquilo caserío de no más de novecientos habitantes, en la confluencia de dos ríos que poco después formaban un pequeño lago natural, a ciento sesenta millas de Lisboa. En el mismo convento, de largos y sombreados claustros, con patios arbolados y hospitalarios monjes, se alojaría la comitiva, a la espera de la llegada de la princesa.

Apenas se abrieron las puertas del convento y mientras los soldados y criados descargaban los caballos y las mulas, Jan y el jefe de la guardia que los había acompañado fueron a entrevistarse con el prior. El buen hombre los recibió con amabilidad y temor, vestido con ropas sencillas y austeras. En su rutinaria vida monacal, el arribo de soldados acompañando a un grupo de artistas extranjeros, como preludio a la llegada de la princesa Isabel, era toda una revolución que no sabía bien cómo acompañar y resolver. Jan lo saludó con deferencia con una inclinación de cabeza.

—Estimado prior, quizá ya sabe usted por qué motivo nos hallamos aquí. En pocos días llegará la princesa Isabel, de quien he de pintar un retrato. Necesitaré de su colaboración y de la de algunos pocos monjes que nos den su servicio. También precisaremos alojamiento y comida, pero sobre todo, lo que más necesitaremos será mucha discreción respecto de lo que suceda aquí dentro.

—Señor, le doy la bienvenida a esta humilde casa de Dios. Hemos sido alertados por un correo del rey de su venida. La llegada de Isabel, a quien consideramos nuestra hija, nos llena de alegría. Espero que sepamos ser de su utilidad, para esta gozosa tarea que le espera.

Jan le contestó con una mirada seria y firme, y decidió que el prior debía saber sobre lo que realizarían y la importancia que tenía.

—Estimado prior, agradezco sus intenciones, pero la tarea que todos enfrentamos no será alegre ni relajada. Este retrato que haré de la princesa es un documento que formará parte de la decisión de unir dos reinos. Ya han muerto varias personas por culpa de este retrato... y todavía no ha sido pintado. Le pido discreción y que intente facilitar todo lo que se le pida.

El tono y las palabras de Jan ensombrecieron el rostro lleno de bondad del religioso, que comenzó a comprender la importancia de lo que acontecería en sus claustros. Sin dudarlo agregó mirando con ansiedad y respeto a los dos hombres que tenía ante sí, el militar y el artista:

—De acuerdo, señores, contad con nosotros. Lo que la princesa necesite de este convento, lo haremos sin dudar.

Por pedido expreso de los flamencos, fueron alojados todos juntos en un generoso, pero muy austero dormitorio general. Piso de basalto gris claro, paredes blancas, ventanas sin cortinas y unas pequeñas camas de madera con colchones duros como piedra. Asimismo, pidieron que se acondicionara la sala contigua, que poseía varios ventanales hacia el patio interior, como sitio para pintar el retrato. Paredes blanqueadas a la cal y piso de adoquinado de piedras claras reflejaban con suavidad la luz que penetraba desde el exterior, y que debería ser aprovechada al máximo, ya que se encontraban en pleno invierno.

Luego de dejar todo su equipaje en la habitación destinada a dormitorio y hacer instalar un guardia de custodia en la puerta, Jan ordenó colocar braseros, un cómodo sillón con respaldo, varios candelabros de pie, dos mesas largas y algunas sillas. A continuación, se reunió con el capitán de la guardia de Avis, un hombre robusto y sencillo, que rápidamente comprendió cómo debía asegurar el interior y el exterior de ese sector del convento. Se decidió colocar guardias permanentes en las puertas y también una patrulla exterior, que recorrería el largo pasillo de la glorieta que daba a los jardines, para proteger las ventanas del dormitorio de los artistas y de la sala de pintura. El cuidado de la princesa estaría a cargo de su guardia personal, que debería adaptarse a las decisiones sobre seguridad que se habían tomado para el convento. Los monjes, a su vez, tendrían que conformarse por unos días con tener su tranquilidad invadida por la princesa, los miembros de la corte, los pintores flamencos y los numerosos soldados de la guardia reforzada.

Luego de quedar satisfechos con el orden, se dirigieron a tomar una frugal cena en el comedor de los monjes, mientras algunos de los novicios más jóvenes se turnaban, a la luz de las velas, para leer pasajes de las Escrituras como único sonido de fondo.

Después del descanso del viaje, al alba, Jan sacó de la cama a sus ayudantes y los puso a trabajar divididos en grupos. Petrus y Dieric pasaron todo el día en la sala de pintura, ordenando colas, aceites, tinturas y pigmentos molidos extrafinos. Joos y Rogier, con las tablas y telas. Antonello se encargó de los pinceles y los candelabros. También desempacaron trementinas, paletas, atriles y polvo de cal. Todo se acomodó en la sala, donde se dispuso custodia permanente de dos soldados de la guardia de Isabel, aun antes que la pintura empezase. La hora del almuerzo fue pasada por alto, con la ayuda de unos bocadillos y cerveza entre el maremágnum de lo que había salido de las cajas preparadas en Brujas. Jan había llevado todo lo necesario... por duplicado.

Al caer las sombras, armaron los candelabros con las velas traídas de París, y probaron las luces artificiales para los trabajos fuera de hora. Cuando estaban en esa tarea, agotados por el trabajo del día, se acercó a la sala de pintura el prior del convento y solicitó hablar con Jan a solas.

Sentados en un rincón, le manifestó con preocupación y sin rodeos que todos los flamencos ya llevaban casi dos días allí y no habían ido a misa en la capilla del convento. Sabía que la religión en su país era la misma y que el duque era un fervoroso creyente, por lo que le indicó que acallarían los rumores de los demás monjes si se mostraban un poco más piadosos. Jan lo observó largamente sumido en sus pensamientos. El clérigo, un hombre sencillo, a quien la historia había tocado con su esquiva mano al ser Avis la casa natal del nuevo rey Juan I, miraba a Jan con curiosidad. Nunca había visto a un pintor y menos a un pintor flamenco. Jan, con cansancio en sus ojos, le colocó una mano en el hombro y le dijo:

—Mi buen prior, le prometo que apenas terminemos estas tareas, lo acompañaremos a la capilla, donde escucharemos la misa y pediremos una bendición para cada uno de nosotros para la empresa que vamos a realizar.

El monje sonrió complacido y le obsequió a Jan un escapulario. Antes de marcharse le avisó con satisfacción que mandaría a un hermano para que los guiase hasta la pequeña iglesia.

Esa noche, quizá a causa de la misa y las bendiciones, o tal vez por la generosa cena caliente, descansaron con mejores ánimos. Ya faltaba poco para comenzar y habían logrado superar numerosos obstáculos y atentados. La hora de Jan se acercaba.

Al día siguiente, al amanecer, tomó las tablas para pintar que había traído preparadas de Brujas. El proceso de deterioro parecía haberse detenido. Poseían fisuras y se veían claramente los lugares donde el fondo para pintar se había quebrado siguiendo la tabla. Pero no se habían ondulado y el plano de las maderas permanecía estable.

Con la ayuda de Joos y Rogier, aplicó una nueva capa de cola de conejo. Luego, mientras aún se hallaba fresca, tomó una de las firmes telas que había traído de Lisboa y la clavó cuidadosamente a un borde del tablero. A continuación, la tensaron fuertemente y repitieron la tarea de fijación con clavos en el otro extremo. Finalmente, aseguraron de la misma forma los laterales y se cortó la tela sobrante. Quedaba la tabla flamenca recubierta en una cara por la resistente tela portuguesa y adherida por la cola fresca.

Después, tomó la cola de conejo y en un pote le fue agregando polvo de cal. Cuando estuvo satisfecho con la untuosidad, la repartió sobre la tela con un pincel de cerdas cortas y firmes, siempre en una misma dirección. Luego de esperar un rato, raspó con cuidado la superficie para emparejarla y aplicó otra mano en el sentido inverso. Este proceso se repitió varias veces, hasta que Jan quedó conforme. Mientras secaba la primera, Joos y Rogier comenzaron con la preparación de las demás tablas cubiertas por telas. Cuatro en total. Al atardecer, cuando estuvieron secas, tomaron la primera tela y comenzaron a pulir la superficie con piedra pómez hasta que estuvo perfectamente lisa. Entonces, hizo repetir el proceso en las otras tres, hasta que, al caer la noche, quedaron las cuatro tablas enteladas, cubiertas con una base perfecta, de color blanco mate y suavísima al tacto como si se tratase de mármol pulido.

Se fueron a dormir con la esperanza de que sus plegarias ayudaran a que el secado no trajese nuevas fisuras, ni marcas indeseables.

Al día siguiente, apenas había despertado, se dirigió a la mesa donde las tablas se secaban. Una poco habitual sonrisa en el rostro de Jan al mirar las maderas enteladas les indicó a los demás que el resultado del experimento había sido exitoso.

Los días sucesivos pasaron con velocidad; mientras continuaban preparando todo lo necesario, después de almorzar, recorrían en cortos paseos la nueva ciudad, a fin de darle un poco de descanso a las preocupaciones. Así prosiguieron en su rutina, hasta que al volver de una caminata, Jan recibió el aviso de que Isabel había llegado al convento y que debía presentarse en forma urgente ante ella. La última reunión antes del comienzo de la obra más importante que le habían encargado en su vida. Era la primera vez que el retratado ni siquiera conocía a quien pedía el retrato. Por si esto fuera poco, lo solicitaba su protector duque de Borgoña y Flandes y la modelo era la infanta Isabel de Portugal, quizá su próxima señora y dueña de sus destinos... Decidió que hablaría con ella de manera clara y frontal..., si Isabel se lo permitía, desde luego...

Se cambió rápidamente sus ropas cubiertas de polvos de lijado y manchas de aceites, y se dirigió al encuentro. Evidentemente lo esperaban con interés, pues no hizo falta casi que dijese su nombre para que un lacayo lo guiara hasta las puertas custodiadas donde se hallaba la princesa.

Isabel lo aguardaba en una sala del claustro, sentada en un cómodo sofá, frente a una mesita que contaba, además, con tres sillones alrededor, todo sobre gruesas alfombras orientales. Un pequeño brasero calentaba la estancia. Se podía ver que habían conseguido algunos muebles de calidad a fin de darle más confort a la infanta en el austero convento.

En un reflejo automático, Jan juzgó rápidamente si la luz que entraba por las ventanas era apta para tomar apuntes para luego pintar el retrato. Ella lucía calmada y acompañada solo por Clara, su aya de confianza, y su amiga Juana. Jan se inclinó a sus pies tomando los finos dedos de la mano que le tendía, mientras Isabel le decía:

—Buenos días, maestro. Por fin parece que podremos dedicarnos a nuestros asuntos con tranquilidad. Siéntese frente a mí y hablemos francamente. Espero que haya tenido un viaje agradable y que encuentre tolerable el alojamiento ya que no contamos con comodidades en este sencillo monasterio. —Luego continuó ante la mirada atenta de Jan, mientras este se sentaba en su sitio—: Nuestro destino ha sido ligado por Dios y las necesidades de nuestros países. Si somos capaces de hacer juntos esta tarea, el resultado puede ser muy beneficioso para ambos. Yo le haré caso en sus consejos e instrucciones y usted deberá dar el máximo de su arte. Como le hice saber, he podido comprobar que lo que dicen de sus manos es cierto, pero en esta ocasión deberá ir un poco más allá, pues este retrato puede cambiar la historia de nuestros Estados.

Jan comprendió claramente la profundidad del mensaje de Isabel.

—Mi señora, agradezco los injustos halagos que me hacéis. Debéis saber que sueño con pintar este retrato desde que recibí la orden del duque Felipe. Os aseguro que daré todo de mí para que las gentes queden prendadas de vuestra belleza y de vuestro noble espíritu. Como bien decís, debemos trabajar juntos en los próximos días, pero os aseguro que el resultado valdrá el esfuerzo que hagamos.

En ese momento, Juana hizo la pregunta que Jan esperaba con ansiedad.

—¿Y cómo imagina, maestro van Eyck, que debería vestirse Isabel para proceder con este retrato? ¿Qué colores de ropas, qué joyas, qué peinado?

Jan comprendió que Isabel, a través de la pregunta de Juana, estaba entregando toda su confianza en sus manos. La emoción lo ayudó a dar el tono justo a sus palabras.

—En cuanto a los adornos y ropas, creo, mi señora, como ya os he sugerido, que sería mejor no distraer la mirada del observador y propongo la máxima naturalidad. Os aseguro que se me facilita la tarea con collares y sombreros, con vestidos labrados y redes para el cabello. Lo más difícil de retratar es el rostro simple, que mira directamente al observador. Mi desafío será pintaros con el mínimo de adornos y símbolos, sin nada que distraiga al duque en la mirada de vuestro rostro. Pensaba, si os parece bien, en un vestido sencillo, sin sombrero, mirando a los ojos de medio perfil, de forma tal que lo que destaque sea vuestra belleza y determinación. Quizás en las manos un rosario o la cruz de Avis serán suficientes.

Isabel lo interrumpió en su relato:

—Maestro, sé que no soy hermosa...

Jan intentó protestar, pero la princesa levantó una mano, mirándolo con gran determinación.

—Déjeme continuar. También sé que puedo ser esposa de un rey y gobernar junto con él. Desde niña comprendí que no tenía derecho a una vida propia, que mi vida y la de mi pueblo eran lo mismo. Y así he decidido obedecer a Dios. — Luego agregó con la emoción brillando en sus ojos—: Hablaré claramente, para que no queden dudas entre nosotros. Pínteme de forma tal que Felipe me elija como su mujer y créame que sabré recompensarlo.

Jan inclinó su mirada ante la resolución en los ojos de Isabel.

—Señora, mi recompensa será la alegría en vuestra mirada al ver el retrato terminado. Creedme que solo eso me importa. Mañana mismo, si vos así lo deseáis, empezaremos la tarea en la sala del convento que hemos acondicionado a tal fin.

—De acuerdo, maestro van Eyck, yo también deberé prepararme desde temprano..., lucir fresca y natural es fruto de bastante trabajo..., si le parece bien, iremos ahora a la capilla del convento a presidir una misa y recibirá una bendición para que Dios guíe su mano.

Luego de levantarse de su asiento, Jan se inclinó frente a la princesa y besó sus manos sosteniéndolas durante un instante. En ese momento Isabel sintió cómo sus propios ojos se le llenaban de lágrimas y comprendió al mismo tiempo que el pacto quedaba sellado y que debía confiar en el genio del pintor.

Al día siguiente todos madrugaron. Luego de un breve desayuno en silencio, los artistas se dirigieron a la sala elegida, desplegaron todos los enseres y casi al terminar, irrumpió Isabel con su amiga, con paso confiado y seguro.

—Buenos días, señores. Demos gracias a Dios y comencemos nuestra tarea.

Los caballeros se inclinaron para saludarla y Jan contestó:

—Así será, mi señora. Ya mismo hemos de empezar.

Isabel lucía un sencillo vestido de seda roja oscura, con dibujos bordados en hilos bordó, mangas largas rematadas en finos bordes de armiño, un pequeño escote labrado, que solo dejaba ver una delicada cadena de oro y adornando las orejas pendientes de perla. El pelo castaño, recogido hacia atrás, sostenido por dos delgadas trenzas de su mismo pelo, aprisionadas en la nuca por un diminuto broche dorado. En las manos, únicamente la cruz de Avis, símbolo de su casa real y de su fe, y un anillo, también de oro, en su dedo anular izquierdo.

Jan la miró con aprobación unos instantes en silencio y se permitió correr un poco el sillón y acomodarle las manos en el regazo. Luego, corrió el atril unos grados a la derecha y finalmente le solicitó a la princesa que lo mirase directamente a los ojos.

Después de los primeros trazos con el pincel para bocetos, comenzó a sentirse cada vez más confiado y a gusto. ¡Ahora por fin ya se encontraba en su elemento! Pronto se había sacado la chaqueta y, serio, daba órdenes cortantes a los aprendices, mientras sus manos volaban.

Ante un sirviente que golpeó la puerta, prohibió la entrada a todos los extraños sin excepción y exigió en tono seco que la guardia eliminase todo ruido molesto. Solo podían permanecer dentro del recinto, además de ellos dos, Clara, Juana y sus cinco asistentes que, compenetrados en la tarea, ayudaban al instante con lo que les era solicitado.

Isabel lo miraba con determinación y calma, mientras respondía a las preguntas que el maestro le hacía. Pronto entendió que el diálogo cumplía la función de estudiar sus gestos y reacciones, de forma tal que se pudiese afinar el detalle de la toma de la expresión. Así habló de Portugal, de su niñez, de su madre y sus hermanos, de la vida en el palacio, de sus caballos y comidas favoritas. En poco tiempo, Jan sabía más de su vida que otros que la acompañaban hacía años.

Ya por la tarde, Isabel comentó divertida:

—Cuántas preguntas que hace..., usted quiere saber todo de mí, maestro.

—Mi señora, el pintor frente al modelo es como el médico frente al paciente. Para poder hacer su trabajo, precisa saberlo todo, de lo contrario el resultado dependerá de la suerte y de Dios.

—Pregúnteme entonces, quiero que la calidad de este retrato quede por completo en sus manos. No confío en el azar y Dios tiene cosas mucho más importantes que atender que esta pintura.

El aya mandó traer delicados platos, preparados en porciones, que se podían comer fácilmente con la mano. De regreso a su lugar, pasó cerca de la pintura y no pudo evitar echar un fugaz vistazo, que casi la paralizó como un rayo. En apenas unas horas, Jan había realizado un boceto que mostraba a Isabel con tanto realismo, que Clara creyó que miraba un espejo. Conmovida, se sentó nuevamente y cerró los ojos sonriendo para intentar fijar esa imagen. Isabel, de reojo, rápidamente percibió la reacción de la buena mujer y una sensación de paz la invadió de inmediato.

Los ayudantes comenzaron a colocar pequeñas cantidades de polvos de pigmentos sobre la paleta y a mezclarlos con hilos de aceite que volcaban de botellitas oscuras, siempre siguiendo las órdenes de Jan. Isabel miraba con asombro cómo las manos de todos se movían con gran seguridad y economía de movimientos. Al rato, ya se podía oler en toda la sala el perfume de los aceites y de la trementina de pino. La paleta se fue llenando de bellos colores que copiaban los vestidos y los fondos del salón y el cambio de pinceles era continuo. De vez en cuando, los asistentes enjuagaban pinceles o tomaban de a dos o tres pigmentos y los mezclaban hasta que el maestro aprobaba la tonalidad buscada con la cabeza. Implacable como siempre con los errores o con los colores que no lo satisfacían, exclamaba un ¡No! con gesto duro y mirada de águila, apenas contenida por la presencia de Isabel. Ya todos ellos habían padecido en Brujas los arranques de cólera frente a los errores y agradecían para sus adentros que, a su pesar, Jan debiera dominarse. Mientras el maestro se dedicaba al rostro de la princesa, Petrus, sentado cerca de ella en un pequeño taburete, dibujaba bocetos de las joyas y también de los pliegues del vestido, para ser empleados luego, sin la necesidad de que la modelo estuviese presente.

De este modo, corrieron las horas del primer día, solo con un pequeño descanso después del frugal almuerzo. Al caer la luz de la jornada, Jan se dirigió a Isabel:

—Señora, es todo por hoy. Nosotros encenderemos unas velas y continuaré con algunos retoques. Os ruego que mañana vengáis vestida de la misma manera. De allí en adelante solo os necesitaré para algún pequeño detalle. Calculo que en una semana podremos decir que el cuadro está listo. Luego precisaremos tres o cuatro días más para que los óleos sequen y aplicaré un barniz protector. Después de vuestra aprobación, mis asistentes comenzarán a realizar una copia exacta de este cuadro, que yo mismo terminaré, a fin de que podamos enviar el retrato por dos caminos distintos, por si alguna desgracia acechara en la vía.

—De acuerdo, maestro. Entonces, es todo por hoy. Venceré la tentación de mirar el avance que ha logrado en este día. Recién juzgaré su obra, cuando me indique que está terminada.

Al decir esto se incorporó y las mujeres dejaron la sala con una reverencia de los artistas. Inmediatamente los hombres acercaron los candelabros y se prepararon para varias horas más de trabajo, a la luz de las velas.

Al final del día, apenas comieron del cansancio que tenían. Jan pronto se fue a dormir con un, ya conocido por él, sentimiento interno de satisfacción, de saber íntimamente que estaba logrando su cometido. Que empezaba a crearse el verdadero retrato de una persona. La imagen que muestra lo que se ve a simple vista y lo que se siente al mirar esa vida, latiendo frente a nosotros.

Así pasaron las jornadas de trabajo agotador e interminable. Días de labor aprovechando al máximo la luz natural, luego prolongadas hasta altas horas con la ayuda de los candelabros.

A Jan su predilección por las miniaturas lo llevaba a pasar horas detenido en un rincón del cuadro, con un pincel minúsculo y gotas ligerísimas de color, ayudando a veces al ojo con un lente de vidrio de aumento. El brazo que sostenía el pincel debía apoyarse en un largo bastón ajustable en altura, que permitía mantener la precisión del pulso. Como acostumbraba hacer en sus obras, había miniaturas llenas de significados para un buen entendedor junto con un complejo código de señales ocultas.

El rostro rosado evidenciaba buena salud y el bulto de los pechos, la disposición a la maternidad. La mirada noble y bondadosa era al mismo tiempo la de una muchacha normal, bien predispuesta, y la de la infanta de Portugal, heredera de un reino. Un rostro que, sin ser perfecto, emanaba un atractivo irresistible, a través de una mirada que no podía dejar de ser contemplada. Una mirada que mostraba su alma y que al mismo tiempo interrogaba, a quien la observara, sobre la suya propia.

El diseño simple del vestido indicaba sencillez y recato, pero el color rojo también señalaba disposición al amor y a la pasión. En minúsculas letras en el borde del atuendo, se podían leer, por un observador experimentado, pasajes de las Escrituras elegidos por Isabel, alusivos al amor terrenal y al matrimonio.

Sus manos, unidas sobre la cruz de Avis, verde y oro, símbolo de su fe y de su linaje familiar, mostraban en su dedo anular izquierdo, el lado del corazón, un anillo liso, alegoría del amor infinito, como deseo de un matrimonio perdurable en el tiempo. La fina cadena de oro, delicadeza e incorruptibilidad perpetuas. Los pequeños pendientes de perlas, perfectamente iguales, simbolizaban la equidad, el equilibrio y la justicia, en la disposición a darle idéntico valor a lo que escuchaban por cada oído. Las dos verdades latentes en cada conflicto.

En el respaldo del sillón, los remates de los laterales mostraban dos pequeñas cabezas de perro, símbolo de las dos fidelidades de los esposos. Debajo de cada una de ellas, se podía ver una pequeña flor de lis, del escudo real de Felipe y una cruz de Avis, de la casa real de Isabel.

A través de la ventana, situada a un costado de su rostro, se mostraban lejanas escenas de campo, con animales, huertos y frutales rebosantes, entre campesinos alegres que paseaban en grupos, una alegoría del paraíso terrenal en la tierra. Un símbolo del bienestar, que un matrimonio con Isabel traería a los aldeanos y pobladores, que así se verían beneficiados por la abundancia.

Cada detalle era controlado y repasado con obsesión por Jan. A veces, retomaba algo que parecía terminado: un brillo en una joya, un pliegue del vestido, el minúsculo sombrero de un campesino llevaban horas de trabajo, a pesar de la certeza previa que tenía de lo que debía ser pintado. La preparación del color exacto, la delicadeza del trazo, muchas veces realizado en un solo movimiento preciso, la observación y posterior control a la verdadera distancia del espectador..., cada rincón del cuadro era ejecutado sin dejar absolutamente nada de la superficie al azar e intervenido meticulosamente hasta la satisfacción del maestro. A diferencia de lo que ocurría habitualmente en su taller, esta vez no delegó en sus ayudantes ningún sector de la pintura, por más simple que pareciera.

Luego de diez días de intenso trabajo, cuando Isabel ya hacía unas jornadas que no concurría a posar, en medio del fragor habitual de pinceles y colores, Jan dio un paso atrás y se quedó mirando su obra prolongados minutos, sin abalanzarse a corregir ningún detalle. Pronto apareció una mirada más relajada de lo habitual y casi una sonrisa en su rostro. Los ayudantes, extenuados, miraron al maestro, se miraron entre ellos y sonrieron alegres, al comprender que Jan estaba conforme ¡y que el retrato estaba terminado!

Rápidamente uno de ellos pidió a los soldados de la guardia una botella de vino blanco portugués, para festejar, mientras los demás se saludaban con emoción a viva voz, dejando sin concluir todo lo que estaban haciendo.

Se sentaron en torno a la rústica mesa y brindaron entre risas por el éxito de la tarea encomendada. Jan, severo siempre, pero justo, los felicitó con palabras elogiosas y amables, levantando su copa para un brindis especial.

—Hoy hemos terminado la tarea encomendada, luego de sortear múltiples amenazas y dificultades. Junto con la alegría que nos colma, también sentimos la tristeza por la muerte de Bruno, nuestro compañero, quien ofrendó su vida por este retrato. Bebamos y gocemos hoy, pues del mañana poco se sabe y pronto, muy pronto, seremos nosotros, de igual forma que nuestro amigo, polvo de los caminos. Elevemos una oración también, por que el retrato sea del agrado de Isabel, una mujer noble y sin duda con condiciones suficientes para ser la esposa de Felipe, nuestro duque. Os agradezco todo lo que habéis hecho por este retrato y por nuestro país. ¡Salud!

Sabía, para sus adentros, que también les debía mucho a ellos. Petrus, Dieric, Joos, Rogier y Antonello, juntos conformaban el mejor equipo de pintura que era posible imaginar. Ningún pintor del mundo conocido podía soñar con lograr lo que ellos juntos alcanzaban. Jan había conseguido seleccionar un excelente grupo de aprendices y ellos habían tenido el enorme privilegio de poder trabajar al lado del genio irrepetible de van Eyck. Algo que de viejos podrían contar a sus nietos, junto al fogón de la cena, antes de mandar a los niños a dormir.

Un buen rato después, luego de levantarse de la mesa del festejo, Jan se dirigió nuevamente al retrato con un pincel en la mano. En un rincón, como era su costumbre, se permitió firmar el cuadro y colocar la fecha: "Jan van Eyck, febrero de

1429"..., y debajo agregó su lema: "*Als Ich Kan...*", "Como yo puedo".

Al día siguiente le mostraría el cuadro a la princesa.

Capítulo XIII

Dormían profundamente, cuando los fuertes golpes en la puerta de la habitación del convento los despertaron, al mismo tiempo que la suave luz del amanecer invernal se colaba por la ventana. Al abrir la portilla, un lacayo de la corte les informó agitado que luego de la misa matinal la princesa iría a la sala de pintura a ver el cuadro.

Petrus, vestido con sus mejores ropas, había avisado al atardecer del día anterior a los servidores portugueses que la pintura se hallaba terminada, lista para la revisión y posterior decisión de la princesa.

En su interior, Jan sabía que había dado todo de sí. Los ayudantes miraban y miraban el retrato, lo felicitaban y le decían que era una obra maestra..., pero ¿qué diría Isabel? ¿Qué esperaba encontrar ella?

Rápidamente se lavaron y vistieron, con los rostros cargados de tensión. Luego, fueron hasta la cocina a intentar desayunar un poco de pan y cerveza en medio del apuro por no llegar demorados a la sala de pintura. En pocos minutos y todavía algunos llevando un poco de pan en las manos, arribaron a la habitación, custodiada por los soldados de la guardia real.

El cuadro permanecía tapado por un lienzo negro. Jan ordenó que se abrieran los postigos y se encendiese el brasero, mientras guardaban apresuradamente en cajas parte de todo lo que habían dejado abandonado en la sala la noche anterior. También mandó prender más velas en los candelabros cerca del retrato, para ayudar a la luz de la mañana invernal, que ya entraba por las ventanas.

Al poco rato, un rumor exterior de gentes que se acercaban anunció la llegada de Isabel, que cumpliendo lo pactado, ingresó a la sala de pintura solo con Juana y Clara. Lucía impecable y austera. Su estilizada figura, dentro de un sencillo vestido negro sin adornos. El cabello, recogido en un rodete y sin maquillaje en la cara. Conservaba únicamente la delgada cadena de oro y los pendientes de perla, que parecía llevar siempre puestos. Las delgadas manos, sin anillos ni pulseras. El rostro, serio y la mirada, firme y aplomada.

Mientras los caballeros le hacían una reverencia, se acercó a ellos y se dirigió a Jan con contenida ansiedad, mirándolo a los ojos.

—Bien, maestro. Buenos días le dé Dios. Finalmente, he venido a ver el retrato que me ha hecho. Durante estas jornadas, he obedecido a todos sus pedidos e instrucciones, de forma tal que no podrá decir que los errores de la pintura sean debido a mi culpa. Ahora veremos si debo arrojar estos maderos al brasero y esta será la última vez que usted y yo nos veamos o si estas tablas pintadas serán el motivo de un cambio en nuestra vida y quizás en las de muchos otros. Dicho esto, no perdamos más tiempo y muéstreme su obra.

Con estas palabras, se paró frente al atril y volvió a mirar a Jan al rostro, quien le sostuvo la mirada con orgullo y amor propio, mientras dirigía su mano hacia el cuadro y jalaba con decisión del paño negro que lo cubría.

En el lugar no se escuchaba ni el volar de una mosca. Un silencio cargado de expectativa y tensión cayó sobre el grupo.

En ese instante, todos dentro de la sala miraban el rostro de Isabel. Ella se observaba a sí misma en su propio cuadro, los demás en forma directa a su semblante, intentando descifrar su reacción.

Isabel miró detenidamente su retrato con gesto serio unos minutos, hasta que no pudo evitar llevarse el dorso de la mano a la boca, como para reprimir un sonido, mientras dos hilos de plata resbalaban por sus mejillas.

Al ver esa reacción, el aya la tomó de la cintura y contuvo su emoción apoyando su cabeza en el hombro de su niña, que miraba hipnotizada el retrato con una suave sonrisa en su rostro. También en ese momento se acercó Juana, que no pudo evitar una exclamación de asombro al ver mucha más belleza de la que se podía imaginar cuando soñaba cómo sería el retrato de su amiga.

Luego de largos minutos que a los pintores les parecieron horas, Isabel, con el semblante al fin relajado, aclaró su voz y habló con seriedad, mientras los flamencos inclinaban la cabeza mirando el suelo, esperando el veredicto.

—Maestro van Eyck, es deber de un gobernante saber reconocer los méritos y la genialidad. Solo puedo decir que ha ido más lejos de lo que ningún pintor jamás ha ido. Podría decir que esta pintura ha sido fruto de la magia, si no le hubiese visto pintarla, jornada tras jornada, junto con sus asistentes. Ahora comprendo el porqué de su seriedad, las órdenes secas y los largos días que insumió la pintura.

Los artistas permanecían mirando el piso de granito a los pies de Isabel y esta continuó hablando:

—Incorporaos caballeros. Veámonos los rostros. Esta imagen habla de mí más de lo que se podría contar en mil jornadas. Maestro van Eyck, ha cumplido largamente su parte del trato, ya que ha pintado lo mejor de mí, sin exageraciones ridículas o inútiles lisonjas. Esta es la que yo soy, le guste o no le guste al duque Felipe. —Y acercándose cordialmente al maestro, prosiguió—: Quiero decirle que será protegido por el resto de su vida, aquí, en Portugal, o en Flandes, si es que mis días terminan allí. Si finalmente, por algún motivo, el matrimonio con el duque Felipe no se realizara, aquí, en Portugal, podrá vivir con holgura, acompañado por todos los ayudantes que desee. Si me desposo con el duque, será mi consejero y pintor. Que Dios bendiga su don y lo ponga por siempre al servicio del bien.

Jan contestó con alegría, mientras hacía una reverencia.

—Mi señora, solo intento pintar lo que veo. Es suficiente recompensa para nosotros tener vuestra aprobación a nuestra tarea y escuchar estas palabras de conformidad por este sencillo retrato nos compensan de todas las dificultades vividas hasta este día. —Y luego Jan agregó gozoso—: Me permito aventurar, mi señora, que esta pintura será recibida de la misma manera en mi país, y que pronto nos volveremos a ver, pero en Brujas, en el palacio de mi señor, Felipe El Bueno.

Sonriendo ante el comentario, Isabel hizo un gesto a quienes custodiaban las puertas, para que entraran la guardia y sus consejeros, que esperaban afuera. Al abrir, se produjo el ingreso en tropel de damas de compañía, consejeros, lacayos y guardias. Pronto la sala estuvo colmada de gentes, que hablaban ruidosamente y se empujaban entre ellos para poder observar con admiración casi religiosa el atril.

El rostro de los que pasaban frente al cuadro se transformaba inevitablemente. En algunos, incredulidad y alegre sorpresa. En otros, lágrimas de emoción y recogimiento. El prior y dos jóvenes monjes que lo acompañaban, al ver la belleza en la imagen de Isabel se persignaron conmovidos y luego de alejarse unos pasos, se arrodillaron en una plegaria de agradecimiento a Dios.

Después de dejar pasar unos minutos, para que todos pudiesen ver el cuadro, Isabel ordenó silencio y dijo en voz clara y fuerte, para que hasta el último en la sala pudiese oírla:

—El retrato queda aprobado. Deberán hacerse dos copias, que viajarán a Flandes, una por tierra y otra por mar, pues acabo de decidir que este original permanecerá conmigo. El duque quiso que pintaran un retrato mío…, pues será mío entonces —dijo entre risas. Y a continuación agregó—: La guardia del reino deberá custodiar día y noche el original y las copias en suelo portugués y luego también destinaremos una escolta adicional en el viaje por mar hasta Brujas. Por la belleza que posee, este retrato ha sido indudablemente fruto de la obra de Dios, a través de las manos de este maestro. Debemos proteger esta, Su obra.

Entre el murmullo de aprobaciones y alegría, Isabel, girando hacia Jan, agregó lentamente pero en voz alta, con una sonrisa inteligente, que poseía una pizca de picardía:

—Creo, maestro, que ha hecho bien con esta novedosa costumbre de firmar la labor, aunque, viendo la excelencia de su mano, me permito dudar de la humildad de la frase. Quizá, debería decir… "¡Como solo yo puedo!".

Jan elevó su mirada hasta cruzar los ojos con Isabel y le sonrió agradecido. También él sentía cerrada su garganta y la vista nublada, mientras Isabel y su séquito abandonaban el recinto, dejando a los pintores y a los soldados a solas con el retrato.

Al día siguiente, los asistentes, dirigidos por Petrus y Rogier, prepararon las tablas enteladas y luego del dibujo del propio Jan, comenzaron con el trabajo general del cuadro, pintando las grandes superficies de color, el fondo y el vestido de Isabel. También realizaron nuevamente la preparación de los colores, repitiendo las proporciones exactas de cada pigmento y diluyentes, que guardaban en cuadernos de trabajo, manchados de pintura. Luego, el maestro se dedicaría a los detalles, de forma tal que casi no fuese posible distinguir el original de las copias, salvo para sus ojos entrenados.

Dedicaron los siguientes días a realizar las copias solicitadas, en medio de un clima de relajación y de alegría, mientras aguardaban el arribo a Avis del consejero de Felipe y amigo de Jan, Baudouin de Lannoy. Finalmente, llegó el momento en que fue anunciada su presencia en el convento, junto con un par de secretarios y algunos soldados de la guardia. Apenas llegado, solicitó verse a solas con su amigo, a fin de recibir en primera persona la impresión de Jan sobre la princesa y también ver el retrato con sus propios ojos.

Van Eyck acudió a su encuentro con la alegría esperable en alguien que ve a un compañero después de tanto tiempo. Baudouin lo aguardaba en el corredor principal del convento, junto a los portones de entrada, acompañado por unos criados que cargaban su equipaje.

—Buenos días te dé Dios, estimado Jan. He venido hasta Avis por las noticias que nos han llegado de que el cuadro ya se encuentra terminado. ¿Es eso cierto?

—Así es, amigo. El retrato ha sido concluido y afortunadamente también puedo decirte que ha sido aprobado por la princesa, por lo que ya hemos comenzado con las dos copias.

—¡Qué buenas noticias me das, Jan!, pero pensé que solo iba a realizarse una copia de la pintura.

—Esa era la idea inicial, pero la princesa no quiere desprenderse del original, por lo que enviaremos dos copias a Flandes y ella se quedará con el retrato verdadero en Lisboa. Creo que después de este viaje van a estimar más la pintura flamenca en estas lejanas tierras —agregó Jan entre unas risas, que pronto compartió Baudouin.

Juntos, los amigos caminaron por los largos pasillos del Convento de San Benito, rodeando los jardines centrales, hasta llegar a la sala donde se encontraban el cuadro original y las dos copias en proceso. Allí se dirigió Jan a los presentes, soldados y pintores.

—Dejadnos a solas, que debemos conversar asuntos de Estado. En unos minutos podréis continuar con las copias.

Apenas hubieron salido los asistentes y la custodia, los dos hombres se acercaron al cuadro. Jan miró el rostro de su amigo con interés, el largo rato que este permaneció en silencio observando la pintura. Finalmente, Baudouin comenzó a hablar lentamente, mientras seguía ensimismado, con los ojos fijos en el atril.

—Querido Jan, este es el mejor retrato que he visto en mi vida. No soy un experto en pintura, pero no creo que haya nada igual en la tierra. Evidentemente, cada vez asciendes más alto con tus manos. Ante esta pintura, no puedo evitar preguntarme hasta dónde serás capaz de llegar.

—Gracias, amigo, por tus alabanzas. Todavía tengo mucho por mejorar y podría indicarte varios errores que hallo en este retrato, pero prefiero que estén ocultos a ti. Dime algo, ¿cómo crees que lo tomará Felipe, si intentas por un momento ponerte en su lugar?

—Mirándolo…, no creo que pueda resistirse a la tentación de conocer a tan noble señora. De ver esta imagen deduzco que tu informe es favorable, ¿no es así? Esta pintura muestra a una mujer noble, segura y piadosa. Todas condiciones que nuestro ducado precisa con urgencia, para ayudar a gobernar a Felipe ante tantas amenazas que se ciernen sobre nosotros.

—Así es, Baudouin. He pasado bastante tiempo con ella y hemos conversado extensamente sobre su vida y acerca del reino de Portugal. Creo no equivocarme al pensar que es la mujer que nuestra tierra y Felipe precisan para los tiempos que corren. Así lo he escrito en mi informe, que pronto viajará a Brujas junto con las copias del retrato.

—Bien. Me alegra saber que no volveremos de esta misión con las manos vacías. Veremos qué decisión toma el duque, pero por la confianza que deposita en tus consejos y al ver esta exquisita imagen, no dudo que pronto tendremos una boda en nuestra querida Brujas. ¡Solo nos queda ahora lo más importante para mí! ¡Que nosotros dos conversemos acerca de mi propio retrato! —dijo entre risas distendidas, mientras se dirigían a la puerta de salida de la sala de pintura. Y luego agregó—: Tengo una confidencia para hacerte. Sabrás que Felipe está preparando una orden de caballería para honrar a sus consejeros de más confianza y a los visitantes más ilustres.

—Algo he oído de boca del propio Felipe, pero sin mayores detalles.

—Tú sabes todo del ducado, van Eyck, pero eres un hombre discreto. En fin, pronto se anunciará la Orden del Toisón de Oro, cuyo distintivo será un collar con un vellocino de oro colgando en su extremo. La idea de Felipe es distinguir a sus caballeros de confianza y a quienes sirvan a la justa causa de recuperar Jerusalén y Tierra Santa para la fe cristiana. Si toda esta empresa llega a buen puerto, yo seré uno de los honrados con la nueva Orden.

Allí, Baudouin dejó de caminar, giró hacia Jan y lo tomó del brazo mirándolo a los ojos:

—Debes prometerme, hoy, que ese día pintarás mi retrato con el collar puesto, para orgullo y alegría de toda mi familia y mis descendientes. Será el punto más alto de mi carrera como consejero y secretario de Felipe y como defensor de nuestro ducado. De esa manera, tendré el doble honor de ser caballero de la Orden y poseer un retrato pintado por ti, ¡con el collar de oro que anunciará mi rango!

—De acuerdo, amigo. Así será, te lo prometo en este día. Aunque pase tiempo para que te honren, yo pintaré tu retrato con el collar puesto.

Al oír esas palabras, Baudouin sonrió, dándose por satisfecho, y juntos se alejaron caminando por los corredores del convento.

A los pocos días, mientras se hallaban concluyendo las copias, un mensajero dejó un pequeño sobre lacrado en las manos de Jan. Una misteriosa nota de la princesa, escrita a mano por ella misma, le solicitaba que concurriese a verla a solas, sin ningún protocolo. Jan mejoró apenas su aspecto, limpió sus ropas cubiertas de polvo, lavó su rostro y sus manos y salió presuroso hacia la residencia real... ¿Qué habría sucedido ahora? ¿Algo habría cambiado en el gusto de la princesa?

Los lacayos lo acompañaron hasta la sala de lectura y bordado. Un salón de moderadas dimensiones, bien iluminado y con cómodos sillones y mesitas aledañas para posar libros, costureros o pequeños platos de comida.

Isabel lo esperaba a solas, sentada en uno de los sillones. Con un gesto mandó cerrar la puerta, por lo que la guardia personal y todas las damas de compañía debieron permanecer afuera. Era el primer encuentro de ambos a solas desde que se conocían. Ella aparecía ante él cada vez más sencilla en el trato y vestida con ropas más simples. Sin embargo, en contraposición, mostraba más su inteligencia y su capacidad de análisis y reflexión.

—Mi señora, he venido tan pronto como he podido, os pido disculpas por mis atuendos y mi aspecto, ya que me encontraba trabajando en las copias del retrato —dijo Jan, mientras saludaba con una reverencia.

—No importa, maestro, es mejor así. Le he mandado llamar para despedirnos, ya que mañana temprano regresaré a Lisboa. Solo quiero hablarle acerca de pensamientos que he tenido acerca de usted y de este retrato. Siéntese enfrente de mí.

—Sí, mi señora, lo que digáis.

Isabel continuó, calculando las palabras con cuidado.

—Maestro, me ha hecho pensar y reflexionar en lo que ha sucedido, desde que comenzó todo este asunto de mi retrato. Me he dado cuenta de que, evidentemente, es usted una persona fuera de lo común. Posee indudablemente un don, que le ha dado Dios y nunca, hasta hoy, había yo conocido a nadie con una gracia como la que le ha sido otorgada —y siguió hablando mientras lo miraba con respeto—: Su talento me servirá de inspiración, de aquí en más, ya que reconozco un poder y una autoridad, que emerge del don con el que el Creador lo ha distinguido. Yo no poseo su genio, pero me alegra que haya podido, al menos, darme cuenta del suyo y reconocerlo en su obra.

—Gracias, señora, sois demasiado generosa conmigo, solo intento reflejar lo que ven mis ojos.

En ese momento, Isabel le hizo un gesto suave de silencio y Jan, obediente, bajó la vista, mientras la princesa continuaba hablando, con una sonrisa en su boca.

—Al pintarse este retrato, me he visto enfrentada a lo extraordinario por primera vez en mi vida. Esto me da esperanzas para mí y para todos los hijos de Dios, de que, de una forma u otra, podremos trascender. Su obra, maestro, indudablemente, va a permanecer por siempre, va a extenderse mucho más allá de nuestra corta vida en esta tierra. Piense en ello, se lo pido. Tiene usted una gran responsabilidad. Cada vez que toma el pincel, está pintando, también, para las generaciones que vendrán, que sin duda se admirarán de su obra. Maestro van Eyck, siempre estaré agradecida por lo que me ha hecho conocer acerca de la capacidad y de las posibilidades del hombre iluminado y conducido por el Señor —dijo Isabel y continuó hablando, mientras Jan permanecía inmóvil, sentado frente a ella, conmovido por el discurso—: Como princesa de mi reino, le digo que, de aquí en más, deberemos buscar la excelencia en la obra humana y si no podemos crearla nosotros mismos, al menos deberemos estimularla y protegerla en quienes sí la poseen. Mi madre fue protectora de poetas, alfareros y pintores hasta su muerte y yo continuaré con esa tradición familiar, ya sea aquí, en Portugal, o si Dios y el destino lo deciden, en Borgoña y Flandes.

Con estas palabras, Isabel se quitó del cuello su cadena de oro y tomando las manos del pintor, la depositó en ellas.

—Conserve, se lo pido, un simple recuerdo de esta conversación, como una muestra de mi aprecio por usted y por su arte.

Jan, petrificado en su asiento y con los ojos húmedos, agradeció murmurando y se colocó con placer la cadena al cuello. Luego, se llevó las manos al corazón en señal de agradecimiento, mientras notaba que dentro del bolsillo delantero de su chaqueta llevaba un objeto. Al sacarlo, descubrió un pequeño pincel, construido por él, uno de los que había usado para pintar el retrato de la princesa. Allí mismo una idea audaz cruzó veloz por su pensamiento. Poniendo el pincel frente a Isabel, le dijo:

—Mi señora, no poseo nada valioso para daros, pero me haríais un gran honor, si aceptaseis conservar con vos este pequeño pincel, que construí con mis propias manos y que luego utilicé para pintar los detalles de vuestro retrato. Si lo aceptáis, seré feliz por vuestra generosidad, al guardar un pobrísimo recuerdo de estos días pasados aquí.

Sonriendo, Isabel tomó el pincel.

—Este era, justamente, el regalo que esperaba de usted, maestro. Lo conservaré por siempre junto a mis joyas. Le deseo que Dios guíe su mano por largos años y que sepa usar su don en beneficio de las causas justas.

Poniéndose de pie, dio por terminada la reunión y llamó a sus ayudantes, mientras Jan se inclinaba mirando el piso, a los pies de su futura duquesa.

A los diez días de concluido el cuadro original, Jan, Baudouin y sus ayudantes, custodiados por soldados de la corte, salían lentamente a caballo del Convento de San Benito, emprendiendo el regreso a Lisboa. Llevaban en una alforja especial la copia del retrato que debía viajar por mar a Brujas.

Por tierra y con protección de la guardia de Isabel, mientras estuviese en tierras portuguesas, también fue remitida a Brujas la otra copia de la pintura, que quizá llegaría antes que la enviada por mar. Un jinete, con una alforja especial de cuero, iría viajando rápidamente hacia el norte, para luego tomar el Camino de Santiago en forma inversa, puesto que era una mejor ruta, con vigilancia y numerosa asistencia al viajero.

En ambos casos, una carta encriptada y lacrada de Jan relataba su favorable impresión acerca de la princesa Isabel, para ser la futura consorte de Felipe, con observaciones acerca de su carácter y de su forma de vida cotidiana.

Mientras los caballeros flamencos, en la bruma de la mañana invernal, se alejaban lentamente en sus monturas de Avis, Isabel en su dormitorio de Lisboa miraba en silencio su retrato, jugando con el pequeño pincel entre sus manos. Permanecía todavía apoyado en el mismo atril, donde Jan van Eyck lo había pintado, en aquellos días del invierno de 1429.

Seis días más tarde, al caer la luz del día, Jan van Eyck, su amigo Baudouin de Lannoy y sus asistentes en la pintura entraban a la embajada borgoñona en Lisboa, cargando con la alforja que contenía una copia del cuadro y del informe.

El día de invierno frío y lluvioso invitaba a permanecer dentro de la lujosa residencia del exembajador, ahora comandada por el jefe de la guardia militar. En la sala principal lo esperaba el resto de la comitiva flamenca, que no había viajado a Avis para la ejecución del cuadro: el caballero y consejero Jean de Roubaix, Gilles d'Escornaix, doctor en leyes a cargo de la redacción de los contratos, el resto de los nobles y secretarios y, en un rincón del salón, los hermanos Di Lucca, capitanes de los barcos.

Los borradores de los tratados de matrimonio ya habían sido concluidos a satisfacción de ambas partes, la borgoñona y la portuguesa, y de esta manera unos y otros intuían con felicidad que habían conseguido sacar ventaja y beneficiar a sus representados y, en consecuencia, a sí mismos. El salón se hallaba iluminado por numerosos candelabros y sobre una mesa, esperaban unas bandejas con exquisiteces locales y varias jarras de vino y copas de cristal.

Jan ingresó con paso firme y aspecto de haber logrado descansar, después del viaje desde Avis. Sus finas ropas flamencas estaban ahora protegidas por la capa portuguesa de lana impermeable que había adoptado en su estadía en el país. Su gesto firme y poco amistoso era ya tradicional en él cuando se relacionaba con secretarios y consejeros de la corte, por lo que el resto de los caballeros no pareció sorprenderse por su actitud. Sus ayudantes, también prolijamente ataviados con calzas y chaquetillas limpias debajo de sus capas, se colocaron detrás de Jan, cargando con el morral de cuero que protegía la pintura.

Luego de unos cortos saludos protocolares, tomó la palabra Jean de Roubaix, un hombre pomposo y afecto a las intrigas palaciegas, aunque leal a su protector, Felipe III.

—Estimado van Eyck, nos ha llegado la esperada noticia de que ha logrado concluir el retrato y que también ha redactado su informe sobre Isabel.

—Así es, caballero Roubaix. Finalmente he logrado cumplir con el deseo de nuestro amado duque. En esta alforja se encuentra una de las copias. Otra copia ya viaja hacia Brujas a caballo y seguramente debe estar por llegar a las manos de Felipe. En cuanto al original, la infanta Isabel tomó la decisión de conservarlo en su poder, lo que por supuesto he respetado.

—Entiendo. Bueno, los aquí presentes deseamos ver con nuestros ojos el retrato de la infanta Isabel de Portugal y, además, escuchar de sus labios el informe que ha hecho.

—Lo siento, doctor. Estoy autorizado a mostraros el retrato, pero no a leeros el informe cifrado. Esas han sido mis órdenes y no preciso aclarar que serán cumplidas, bajo cualquier circunstancia.

Al decir estas palabras, Jan fijó en el doctor sus ojos acerados, con la determinación impresa en ellos.

—Van Eyck, creo que olvida con quién está hablando. Sabe de sobra que soy el jefe de esta comitiva y que me debe obediencia y respeto —contestó rápidamente el caballero Roubaix, ofendido por las palabras y por la actitud de Jan.

—No lo olvido, consejero, pero tampoco olvido las órdenes de mi duque. ¿Cree usted acaso poseer más autoridad que él porque nos hallamos lejos de nuestra tierra? ¿Sugiere acaso que con la distancia los deseos de Felipe pueden ser torcidos por los suyos? —replicó van Eyck con una suave sonrisa, que irritó aún más a los funcionarios flamencos, ante la mirada aparentemente indiferente del grupo de artistas que gozaba con la discusión. Luego se dirigió a sus asistentes—: Mostrad el retrato de Isabel a estas gentes, ya que así lo desean.

Con lentitud y cuidado se fueron sacando las capas de telas protectoras y en pocos minutos, el retrato de Isabel fue colocado sobre un atril que se improvisó con una banqueta, iluminado con la aproximación de dos candelabros. La tabla entelada ya había superado la prueba del cambio de humedad entre Avis y Lisboa. Jan rogaba, en su interior, para que mantuviese ese mismo aspecto al viajar a Brujas.

En el grupo de funcionarios flamencos, el efecto de la pintura fue el mismo que ya había observado en Avis, con los colaboradores de Isabel. Primero, un fuerte murmullo de admiración e incredulidad. Luego, un silencio absoluto sobre el grupo hipnotizado frente al cuadro. Incluso los abogados y contadores permanecían callados, dominados por la luz de la belleza que emanaba de la tabla de madera. Diego Di Lucca, postergado a la tercera fila, se afanaba por mirar la obra de su admirado maestro sin poder creer lo que veían sus ojos.

Luego de unos momentos, el caballero jefe de la delegación pareció reponerse y volvió a tomar la palabra, con gesto preocupado, el ceño fruncido y con el evidente apoyo de sus funcionarios, que también miraban al grupo de artistas con seriedad.

—Van Eyck, debo reconocer la precisión y fidelidad de este retrato. Tal vez sea del agrado de nuestro duque este estilo moderno y poco afecto a la tradición que usted impulsa. Pero debo decirle que veo también que no pierde su vanidad, firmando este encargo, que es pagado con dineros de nuestro ducado, con su nombre y su lema: "Como yo puedo".

Ante estas palabras, Jan se adelantó hasta casi poder tocar a Roubaix con solo extender la mano. Su rostro se había endurecido cuando comenzó a hablar.

—Caballero doctor, lamento comprobar que, como ya lo presumía, no ha entendido mi obra, ni tampoco ha sido tocado en su interior por ella. Temo que esta pintura, que hemos logrado junto a mi equipo, es incomprensible para una persona como usted. Aquí, no solo podría apreciar adónde ha llegado la técnica moderna de la perspectiva, la proporción y los desarrollos en los nuevos materiales flamencos. Aquí usted podría, si su entendimiento se lo permitiese, ver el alma de Isabel. —Y luego, dirigiéndose ya a todos los funcionarios y consejeros, continuó hablando con una voz fuerte y pausada que llenaba toda la habitación—: Como nos enseñaron los antiguos maestros, la belleza es la armonía de las partes y el color. Yo no intento imitar las obras de otros anteriores a mí, yo reproduzco a la propia naturaleza. El artista es el verdadero poseedor de la percepción del hombre. Nos permitimos soñar con la imaginación que poseemos en la mente y además disfrutamos del don de llevarla a nuestros dedos, para que una idea del equilibrio y el bien, quede plasmada para siempre en una imagen, en la música o en un poema. Dios nos ha colocado a nosotros, hombres, en el centro del universo, para que elijamos nuestro destino. ¿Esto habéis elegido para el vuestro? ¿Qué creéis que será recordado por las generaciones futuras? ¿Vuestros prolijos papeles entintados, fruto tan solo de la codicia y el orden? ¿Acaso imagináis que alguien sentirá alguna emoción sagrada al leer vuestros contratos, enredados de leyes y números? Sois solo un mal necesario. Vuestra inclinación a ser escribas y notarios os ha dispuesto finalmente a ser tan solo sanguijuelas feroces del odio y el conflicto.

El silencio dentro de la sala podía ser cortado con un cuchillo. A pesar de los murmullos de enojo y el gesto de incredulidad y sorpresa de los consejeros, Jan se extendió hablando:

—Os preocupa la belleza. Os preocupa, que orgulloso de mi don, yo firme mis cuadros. ¿De qué me acusáis entonces? ¿De saber quién soy? ¿Ese es entonces mi pecado? Dios ha hecho la belleza y tenemos la obligación de mostrarla, de intentar imitarla, de buscar conmover a quienes miren nuestras obras, para inclinarlos hacia el bien y la virtud. ¿Preferís, acaso, la obra de pintores adocenados, que solo buscan las monedas de su recompensa, repitiendo imágenes según se lo indique el mercado? Isabel ha entendido los designios. Parece que vosotros no. La belleza es integridad, proporción, claridad. Afortunadamente, quedan atrás las épocas de ocultarla, de negarla y disimularla. Algunos artistas de esta generación así lo entendemos y seguramente también algunos de los que vendrán detrás de nosotros hagan lo mismo.

Con un gesto de la mano, Jan mandó a sus asistentes a tapar y guardar el cuadro dentro del estuche, mientras miraba altivo y con desprecio en los ojos al jefe de la comitiva.

—Es ofensivo, van Eyck, como de costumbre. Veo que no pierde las mañas. Estas palabras que nos ha escupido serán llevadas por escrito al duque, para que disponga de usted, según su noble parecer —contestó el doctor Gilles d'Escornaix.

—No soy ofensivo. Digo lo que pienso y vosotros en vez de molestaros, deberíais reflexionar sobre el camino que habéis tomado en vuestra vida. Aquí se encuentra presente mi amigo, Baudouin de Lannoy, que tampoco es artista, ni siquiera sabe tomar un pincel, pero respeta la belleza. Solo por eso, en poco tiempo más pintaré su retrato, que permanecerá por siempre. ¿Creéis acaso que vosotros seréis recordados de alguna manera? Como quizás algunos podéis sospechar, el cuadro fue también aprobado y festejado por Isabel y no creo equivocarme si os digo que habéis mirado el retrato de nuestra futura duquesa de Borgoña. En los próximos días viajará junto con mi informe y los contratos, que vosotros junto a los portugueses habéis redactado cómodamente sentados en el palacio. Mientras tanto, uno de nosotros, mi colaborador Bruno de Génova, fue asesinado por pertenecer a mi equipo de pintura. Solo por eso. ¿Habéis sufrido acaso alguna amenaza vosotros? ¿Qué creéis, por lo tanto, que es lo que realmente preocupa a nuestros enemigos? ¿Vuestros papeles entintados o la imagen que acabáis de ver sin entenderla? —Y dándose vuelta hacia la salida agregó—: Esperaremos en esta ciudad y alrededores la respuesta de nuestro bienamado duque. Nos volveremos a ver en ese momento. Hasta luego, caballeros.

Y dando por terminado el encuentro, Jan y sus asistentes salieron de la sala de la embajada sin probar un solo bocado, ni beber una copa de vino.

Al salir a la calle, Baudouin de Lannoy no pudo evitar una carcajada que pronto fue imitada por el resto de los artistas, ante la mirada seria y enojada de Jan.

—Querido van Eyck, ¡acabamos de presenciar una lección de cómo hacer amigos entre los burócratas de la corte! —dijo entre risas, mientras caminaban por la bella vía empedrada bajo la llovizna.

—Lo siento, amigos. No debí haber sido tan explícito. De todos modos, no creo que me hayan entendido... —dijo, ya sonriendo, Jan, mientras el grupo bajaba caminando por las hermosas calles de Lisboa.

Los dos caballeros, los ayudantes, Petrus, Dieric, Joos, Rogier y Antonello, y una custodia de cuatro soldados que les enviaba don José, pronto llegaron a la posada donde Margarida les sirvió y atendió como solo ella sabía hacerlo. Abundantes pescados asados bañados en aceite de oliva, hortalizas y jarras de generoso vino portugués.

Luego de comer, sentados frente a las copas de vino verde, Jan se incorporó y se dirigió a sus colaboradores.

—Amigos, vuelvo a agradeceros vuestra asistencia, vuestro arte y vuestra confianza. Como habéis podido comprobar hace un rato, aun las obras más trabajadas y bellas tienen detractores. Esta es otra lección que deberéis aprender.

Joos habló por el grupo de aprendices.

—Ya lo vemos, maestro. Aun saliendo a trabajar, despúes de haber estudiado en vuestro taller, nuestra profesión será difícil.

—Es así, jóvenes,... es así. Sin embargo, creo adivinar que vienen tiempos de cambio. Las nuevas técnicas, los nuevos materiales y, por sobre todo, el apoyo de nobles como Felipe e Isabel ayudarán al desarrollo de nuestro arte. Debéis confiar en vuestra habilidad e inspiración. No será sencillo. Pero quizá llegue el día en que seamos valorados como artistas y firmar un cuadro o elegir un tema de pintura ya no sean objeto de críticas y amenazas.

Los aprendices, Baudouin y Jan alzaron sus copas, en un brindis exclamado en flamenco, con vino portugués, ante la mirada divertida de la posadera, que los observaba del otro lado del mostrador, orgullosa de los dibujos en lápiz que le habían ido obsequiando los artistas extranjeros y que había clavado cuidadosamente en la pared a sus espaldas.

A los tres días de la reunión, apenas despuntaba el sol sobre la ciudad, una embarcación, tripulada por Renato Di Lucca, salía lentamente del puerto de Lisboa hacia Brujas, con un selecto grupo de funcionarios y su preciosa carga.

Jan, de pie en la explanada de piedra blanca que moría en el río Tajo, miró levar anclas sin poder evitar un suspiro. Allí se iba la prueba material de su más íntimo pensamiento y su obra artística más influyente en los destinos de su país. Un pensamiento atravesó su preocupada mente... ¿ya habría llegado el cuadro que viajó por tierra a Felipe III? Mientras esta

copia iba lentamente por los mares... ¿ya tendría el duque
una posición tomada después de leer su informe?

Capítulo XIV

La claridad del incipiente día comenzaba a penetrar a través de las ventanas de la sala de la posada, dejando ver las huellas de la noche anterior. Algunos parroquianos, vencidos por el alcohol, dormían sobre los bancos de madera, entre ronquidos y palabras incoherentes, mientras que el encargado nocturno de la hostería descansaba plácidamente detrás del mostrador, con un gato sobre su regazo.

En la misma mesa del rincón donde habían cenado y con numerosas velas consumidas, que evidenciaban las largas horas de la conversación, Diego y Michele, con las espaldas apoyadas en la pared y las piernas sobre los bancos de madera, reflexionaban sobre el relato del primero.

—Así es, amigo Michele..., estos son los hechos que te puedo contar sobre el viaje de van Eyck a Portugal y su misión secreta, hace siete años ya. Luego, los pintores flamencos, comenzaron una serie de viajes por tierra entre Portugal y Galicia, con una prolongada escala en Finisterre, para ir a conocer la Catedral de Santiago de Compostela, mientras esperaban la respuesta de Felipe a los informes enviados. Lamentablemente, no lo pude acompañar ya que me hallaba al cuidado del barco en Lisboa, pero tomé ánimos y a su regreso le pedí algunos dibujos y bosquejos, que había hecho en la Catedral. Hoy son láminas preciadas que conservo en un arcón en mi casa y que saco para mirar de vez en cuando y comprobar que no fue todo un sueño ni mi locura —dijo y continuó su discurso—: En fin, amigo Michelle, para mí queda el gusto de esa aventura vivida y la conciencia de haber visto una parte importante de la historia de este país. Ahora, estimado aprendiz de pintor, podrás comprender a quién buscas como maestro e inspirador de tus futuras obras.

—Entiendo…, quizá deba ser menos optimista con mis pretensiones. En fin, buscaré cómo presentarme ante él y ver qué suerte corren mis sueños…

—Te contaré algo más, para responderte a una pregunta que me hiciste cuando nos conocimos. Es cierto que van Eyck comenzó a firmar sus pinturas desde hace ya unos años. En sus primeras obras parecía una insolencia que un pintor colocase su nombre o sus iniciales. En respuesta a eso, agregó la frase: "Como yo puedo", dando a entender su humildad. Al irse revelando cada vez más como pintor ilustre y el mejor pagado del mundo, comenzaron a surgir por todos los reinos, desde Hispania a Roma, desde Rusia a Inglaterra, copias de sus cuadros. A veces eran copias parciales, a veces copias completas, pero siempre de inferior calidad que el original. Hoy se ha dado la extraña novedad, casi el absurdo, de que los clientes le solicitan a van Eyck que, al terminar, coloque su firma al pie del cuadro, así todos saben que fue pintado por el mejor de todos… y el más caro, también. Ya ves cuál es la fama de van Eyck en todos los reinos conocidos. ¡Le piden que firme sus cuadros!

Ante el asombro de Michelle, los dos venecianos permanecieron en silencio.

Uno, recordando con deleite los meses vividos en Portugal, que le daban un sentido de trascendencia a su simple vida de mercader.

El otro, intentando asimilar toda la historia que le habían contado en una noche, e imaginando la maravillosa posibilidad de recibir un aprendizaje directo del maestro.

Luego de un rato, Michelle tomó la palabra:

—Te agradezco este relato digno de ser contado a las generaciones futuras. Algún monje escriba debería escuchar cuidadosamente esta historia y así dejar testimonio de todo lo que tú sabes, para que el polvo del tiempo no tape estos hechos. Siento, al escuchar tus palabras, cada vez más intriga y entusiasmo por conocer a tan insigne personaje. Cuéntame por último algo más..., ¿has vuelto a ver a van Eyck desde que regresaron de la misión?

Diego se levantó con dificultad de la mesa, acomodándose las ropas y estirando los brazos con pereza, y luego respondió sonriendo:

—Alguna vez lo he vuelto a ver. Es ahora un consejero principal del duque y de doña Isabel y además es cada vez más reconocido, por todos aquellos que pueden ver su obra, como el mejor pintor sobre la tierra. Comprenderás que yo, un simple mercader, no debo importunarlo con mis asuntos sin valor..., sin embargo, cuando lo he podido ver por las calles de Brujas, me ha saludado sonriendo, con ese encanto natural que posee y con una mirada de aprecio.

—Estimado Diego, espero algún día poder encontrarme con él y rogarle para que me enseñe.

—¡Basta ya!... ¡Tus palabras son un zumbido de moscas en mis oídos! —dijo Diego entre risas... y colocándole una mano en el hombro finalizó—: Despierta al mesero, paga la cuenta y vámonos a pasear, ¡que la vida es muy breve y otro bello día comienza en Brujas, que tiene mucho para mostrarte, aprendiz veneciano!

Capítulo XV

Chinon, 24 de febrero de 1429

Los dos soldados divisaron, al fin, el pequeño castillo de Chinon. La travesía, de más de quinientas millas desde Jean Pied de Port, les había consumido una semana y seis cambios de caballos, en distintas guarniciones militares y conventos, bajo una persistente y fría llovizna que se transformaba en nieve en las colinas alrededor de la senda. Los árboles sin hojas y las tierras oscuras y heladas mimetizaban a los espías vestidos de negro y con capas grises que los protegían del clima invernal. Los ocasionales viajeros que encontraban a su paso se apartaban prudentemente de los hombres, que pasaban veloces envueltos en ruidos de cascos y del entrechocar de metales.

En esa pequeña ciudad, no muy lejos de las líneas enemigas, había montado su corte el aspirante a rey de Francia, el joven de veintiséis años, Carlos VII, cada vez más acosado por los ingleses, que ya tenían a Orleans casi en sus manos y por las fuerzas borgoñonas que atacaban avanzando por el oeste.

Carlos llevaba casi toda su vida combatiendo por ser el rey de Francia contra las huestes de Inglaterra, que apoyaba las aspiraciones de Enrique VI y también contra el duque de Borgoña, Felipe III, que no olvidaba la muerte a traición de Juan Sin Miedo, su padre, a manos de los franceses.

Su débil carácter, el miedo a la traición y los reveses militares habían disminuido sus fuerzas a tal grado que, a pesar de poseer todavía una buena parte de Francia, su posición militar y su ánimo se debilitaban cada día un poco más.

Los dos soldados pasaron al trote los distintos controles de ingreso a Chinon, saludando con un gesto seco a las tropas que cuidaban las puertas, mientras los caballos mostraban las huellas del agotamiento en sus flancos húmedos y en la espuma de sus bocas. Las ropas negras bajo las capas, las armas y el escudo del rey en sus monturas no invitaban a interrumpir su paso solicitando identificaciones. Al alcanzar la plaza central del castillo, desmontaron ágilmente, mientras unos lacayos tomaban las cabalgaduras por las riendas. Con su preciosa carga en los brazos, subieron a zancadas las escalinatas y entraron al castillo sin ser molestados por la guardia del rey.

Fuera de la sala principal, se hicieron anunciar en la puerta y esperaron unos instantes. Al abrirse el portón, un grupo de consejeros, secretarios y el capellán de la corte salieron protestando de la estancia, mientras que el soldado que había alertado de su presencia al rey les indicaba que tendrían una reunión a solas con él.

Al entrar, sintieron las puertas cerrarse detrás de ellos y pudieron ver al joven Carlos VII, sentado en un antiguo sillón de madera, frente a una larga mesa de reuniones con sillas alrededor. El recinto mal iluminado dejaba ver las paredes de piedra desnuda, una alfombra gastada por los años y un hogar con troncos ardientes a su costado. El aspirante a rey de toda Francia se veía pálido y demacrado, con una actitud vacilante y aparentemente desconcentrada.

Los dos hombres avanzaron con seguridad atravesando el salón y en segundos se encontraron arrodillados frente a él. El más viejo de los dos, comenzó a hablar:

—Mi señor, hemos cumplido con la misión que nos encomendasteis. Aquí, en esta alforja, se encuentra lo que vuestra Majestad nos solicitó. Interceptamos al mensajero en la frontera y le arrebatamos su equipaje. Ya hemos comprobado que, como nos lo indicasteis, hay un cuadro y unas cartas lacradas.

—De pie, soldados. ¡Bien hecho! Seréis recompensados con oro por vuestra audacia y discreción. Contadme los detalles de la misión, mientras miramos el contenido de esta alforja —les dijo Carlos, sonriendo feliz, ante las buenas noticias que le entregaban sus espías.

—Pero, mi señor, no estamos solos. Hay una joven rubia, mirando hacia afuera en aquella ventana —dijo el otro soldado, al tiempo que señalaba a una adolescente pálida, envuelta con un viejo vestido rojo, que casi les daba la espalda, aparentemente interesada en el atardecer que caía sobre el rio Vienne.

—¿Por ella decís? Podéis hablar tranquilos. Creo que para esta extraña joven no hay secretos. Probablemente, además, ella ya sepa casi todo lo que me vais a decir. Ha llegado hace pocos días de un pueblecito en el norte y ya ha demostrado ser un súbdito leal, que ansía la victoria sobre los ingleses y mi coronación como rey de toda Francia.

Al escuchar esas palabras, la bella joven se acercó lentamente a los soldados, parados uno al lado del otro, y los miró detenidamente, ante la sonrisa intrigada del rey. Luego empezó a hablar con voz suave y mirándolos a los ojos, mientras apenas le tocaba el hombro al soldado canoso.

—Tú, viejo soldado, te llamas como yo: Jean. Y tú te llamas Jaques. Veo que habéis tenido que matar hombres por defender al rey y cumplir sus órdenes. No debéis tener miedo, a pesar de estar vuestras manos manchadas con sangre. Dios os dará su perdón, ya que sois hombres justos y leales. Mostrad al rey lo que traéis en la alforja.

Los soldados, conmovidos por la fuerza que emanaba de la joven y por todo lo que parecía saber sobre ellos, la obedecieron sin preguntar, desenvolviendo el cuadro y entregando las hojas escritas al rey.

Pronto Carlos observó al mirar los papeles:

—No puedo entender estas cartas. Seguramente es un mensaje cifrado en flamenco. Veremos cómo puedo hacerlo traducir. En cuanto al cuadro, debería ser la imagen de Isabel de Portugal, pintada por un artista de la corte de Felipe, por lo que nos informan nuestros espías.

Jeanne se acercó lentamente al cuadro de van Eyck y lo observó un tiempo prolongado. Luego comenzó a tocarlo con sus finos dedos, ante el asombro de Carlos y de los dos soldados.

—Qué hermoso cuadro es este... No es necesario descifrar el mensaje, mi rey. Puedo ver claramente que esta es la imagen de Isabel. Una buena mujer, pero que se casará con nuestro enemigo, Felipe de Borgoña, y le dará más ánimos en la lucha e hijos herederos al ducado. No podremos ya evitar este matrimonio y veo en sus ojos que probablemente ella sea quien, algún día, acabe con mi propia vida. —Y girando impetuosamente hacia Carlos agregó—: Señor, debéis permitirme viajar a Orleans con las tropas del reino lo más rápidamente posible. Veo que este matrimonio solo nos traerá desgracias y debemos apresurarnos a luchar y triunfar antes que inevitablemente ocurran. Nos estamos quedando sin tiempo. Veo en los ojos de estos soldados su fidelidad. Os pido, además, que los asignéis a mi defensa, ya que necesitaré estar viva al menos hasta vuestra coronación.

Carlos, sorprendido por el arranque y el optimismo desmesurado del discurso, solo atinó a decir:

—De acuerdo, Jeanne, estos soldados serán de aquí en más tu escolta personal. En cuanto al resto de lo que me solicitas, lo veremos en estos días. Sabes bien que debo consultar a mis nobles, que aportarán hombres de sus posesiones y dinero para poder pagar a los soldados extranjeros que serán necesarios en esta campaña.

Los dos hombres, al escuchar el giro que habían tomado sus destinos, voltearon hacia la adolescente y se arrodillaron ante ella con la cabeza inclinada, al tiempo que murmuraban una fórmula de fidelidad a su nueva ama, que los miraba en silencio mientras sonreía, como si fuesen dos niños pequeños, en vez de dos individuos mayores, espías y asesinos.

La habitación caía lentamente en penumbras y el fuego en el hogar apenas dejaba ver al rey Carlos sentado en su trono, a la joven Jeanne de pie a su lado, a los dos soldados de rodillas y al cuadro, que apoyado en una pared, mostraba el rostro sereno y firme de Isabel.

#delagrietasma
#edicionesdelagrieta

/delagrieta

@DeLaGrieta

@delagrietasma

lagrietacultural@gmail.com

www.delagrieta.com
cultura.delagrieta.com

San Martín de los Andes
Patagonia argentina